SCIENCES,

PARIS,

CHARLES GOSSELIN, LIBRAIRE

LIBRAIRES.

LES FIANCÉS.

TOME III.

IMPRIMERIE DE GUIRAUDET,
RUE SAINT-HONORÉ, N° 315.

LES

FIANCÉS,

HISTOIRE MILANAISE DU XVIIᵉ SIÈCLE,

DÉCOUVERTE ET REFAITE

PAR ALEX. MANZONI,

TRADUITE DE L'ITALIEN,

Sur la troisième édition,

PAR M. REY DUSSUEIL.

✦

Tome Troisième.

✦

PARIS,

CHARLES GOSSELIN, LIBRAIRE

DE SON ALTESSE ROYALE MONSEIGNEUR LE DUC DE BORDEAUX,

Rue Saint-Germain-des-Prés, nº 9;

A. SAUTELET ET Cⁱᵉ, LIBRAIRES;

PLACE DE LA BOURSE.

—

1828.

LES FIANCÉS.

CHAPITRE XV.

L'hôte, voyant que le jeu allait trop loin et du-
rait trop long-temps, s'était approché de Renzo.
Priant ensuite poliment les autres buveurs de
le laisser tranquille, il le secouait par un bras,
et cherchait à lui faire entendre et à le persuader de s'aller mettre au lit. Mais notre montagnard en revenait toujours aux mêmes choses,
au nom, au prénom, aux ordonnances, et aux
bons enfants. Toutefois ces mots *le lit* et *dormir*, répétés à son oreille, firent un moment
impression sur son esprit. Il s'aperçut un peu
lus distinctement du besoin qu'il en éprouvait,
et ces mots donnèrent à sa raison chancelante
un intervalle lucide. Ce peu de sens qui lui re-
int lui fit entrevoir, confusément toutefois,
ue la plus grande partie s'en était allée, à peu
rès comme la dernière bougie allumée d'un
ustre fait voir les autres éteintes. Il prit une ré-
olution; il appuya ses mains ouvertes sur la
able, essaya à une ou deux reprises de se sou-
ever, soupira, chancela; au troisième effort,
idé par l'hôte, il fut sur pied. Celui-ci, en le
outenant toujours, le fit sortir de la table et

du banc. Il prit d'une main une lanterne, et, le
tenant de l'autre, il le conduisit en partie et e
partie il le traîna vers la porte de l'escalier. Là
Renzo, au bruit des salutations que lui envoyai
à grands cris la tumultueuse assemblée, se re
tourna en hâte. Si celui qui le soutenait n'a
vait pas été prompt à le retenir par le bras, i
aurait fait une chute violente. Il se tourna donc
et avec le bras qui restait libre, il allait traçan
et décrivant dans l'air certains saluts, en guis
d'un nœud de Salomon.

« Allons au lit, au lit, » dit l'hôte en l'en
traînant. Il lui fit franchir la porte, et ave
plus de peine encore il le hissa par un étro
escalier de bois dans la chambre qu'il lui ava
assignée. A la vue du lit qui l'attendait
Renzo se réjouit; il regarda amoureusemei
l'hôte avec deux petits yeux qui tantôt brillaiei
plus que jamais, tantôt s'éclipsaient comn
deux lucioles; il chercha à se mettre d'aplon
sur ses jambes, et il étendit la main vers la jo
de l'hôte pour la prendre entre l'index et
médium en signe d'amitié et de reconnaissanc
mais il n'y put pas parvenir. « Digne hôte, » pa
vint-il pourtant à dire, « je vois maintena
« que tu es un brave homme : donner un lit
« un bon garçon, voilà qui est très bien; m
« cette rage de nom et de prénom n'était
« d'un galant homme. Par bonheur moi aussi
« suis fin.... »

L'hôte, qui ne croyait pas qu'il pût encor

bien réunir ses idées, l'hôte, qui savait, par une longue expérience, combien les hommes sont en cet état plus sujets que de coutume à changer subitement de sentiment, voulut profiter de cet intervalle lucide pour faire une autre tentative. « Mon cher enfant, » dit-il d'une voix et d'un air tout caressant, « je ne « l'ai point du tout fait pour vous importuner « ni pour savoir vos affaires. Que voulez-vous ? « il y a une loi : nous sommes obligés, nous aus- « si, d'y obéir, sans quoi nous serions les pre- « miers à en porter la peine. Il vaut mieux les « contenter. De quoi s'agit-il, au bout du « compte ? La belle affaire ! de dire deux mots. « Ce n'est point du tout pour eux, mais pour me « faire plaisir à moi. Allons, ici, entre nous, « entre quatre yeux, faisons notre affaire ; dites- « moi votre nom, et.... et ensuite allez vous cou- « cher tranquille. »

« — Ah ! coquin ! s'écria Renzo, ah ! marou- « fle ! tu me viens encore mettre sur le tapis « cette infamie de nom, de prénom et d'affaires !

« — Tais-toi, goguenard ; va te coucher, di- « sait l'hôte. »

Mais celui-ci criait plus fort : « J'entends, tu « es encore de cette ligue. Attends, attends, que « je t'arrange. » Et dirigeant la bouche vers la porte du petit escalier, il commençait à hurler de toutes ses forces : « Les amis ! l'hôte est de la.....

« — Je l'ai dit pour rire, » cria celui-ci sur la

figure de Renzo, en le repoussant vers le lit; «pour
« rire; tu n'as pas compris que je l'ai dit pour
« rire!

« — Ah! pour rire; maintenant tu parles bien.
« Puisque tu l'as dis pour rire.... Ce sont juste-
« ment des choses pour rire. » Et il tomba sur
le lit.

« — Nous y voilà; déshabillez-vous vite, »
dit l'hôte, et au conseil il ajouta l'aide, car le
pauvre diable en avait besoin. Quand Renzo fut
venu à bout d'ôter son pourpoint, celui-ci, l'ayant
pris, mit aussitôt les mains sur les poches pour
voir s'il y avait le magot. Il l'y trouva, et, pen-
sant que le lendemain son hôte aurait tout autre
affaire que de le payer, et que le magot tomberait probablement en des mains d'où un aubergiste ne le pourrait faire sortir, il voulut hasarder une autre tentative.

« Vous êtes un bon enfant, un galant homme,
« n'est-il pas vrai? » lui dit-il.

« — Bon enfant, galant homme, » répondit
Renzo, en faisant toujours travailler ses doigts
sur les boutons des culottes, qu'il n'avait pas encore pu s'ôter du corps.

« Eh bien, soldez-moi donc maintenant c
« petit bout de compte, parce que demain j
« dois sortir pour certaines affaires....

« — Cela est juste, dit Renzo. Je suis fin
« mais je suis un galant homme.... Mais les de
« niers? Maintenant il faut que je cherche le
« deniers....!

« — Les voilà, » dit l'hôte ; et, mettant en œuvre tout son savoir, toute sa patience, toute son adresse, il vint à bout d'arranger l'affaire et de se faire payer l'écot.

«Donne-moi un coup de main pour que j'a-
« chève de me déshabiller, l'hôte, dit Renzo.
« Je comprends aussi, moi, vois-tu, que j'ai un
« grand sommeil. »

L'hôte lui rendit ce service. Il fit plus, il étendit la couverture sur lui, et lui dit en l'arran-
geant : « Bonne nuit. » Mais Renzo ronflait déjà.
Puis, par cette espèce de penchant invincible qui
nous porte quelquefois à considérer un objet
de haine à l'égal d'un objet d'amour, et qui
peut-être n'est rien autre chose que le désir de
connaître ce qui agit fortement sur notre esprit,
il s'arrêta un moment à contempler cet hôte si
ennuyeux pour lui, en levant la lanterne, et en
faisant, avec la main, tomber la lumière sur sa
figure, à peu près dans l'attitude où l'on nous
peint Psyché quand elle vient épier furtivement
son époux inconnu. «Fou d'imbécile ! » dit-il
en son esprit au pauvre endormi, « tu es allé
« la chercher. Demain ensuite tu me pourras
« dire quel goût elle aura. Lourdauds qui vou-
« lez courir le monde sans savoir *de quel côté*
« *se lève le soleil,* pour vous embourber vous et
« votre prochain ! »

Cela dit ou pensé, il retira la lanterne, sortit de l'appartement, et ferma la porte à clé.
Arrivé sur le palier, il appela l'hôtesse ; il

lui ordonna de laisser ses enfants à la garde
d'une petite servante, et de descendre à la
cuisine pour y présider et veiller à sa place.
« Il faut que je sorte, grâce à un voyageur qui
« est arrivé ici pour mon malheur, » lui dit-il.
Il lui raconta en abrégé cet ennuyeux contre-
temps. Puis il ajouta : « Aie l'œil à tout, et sur-
« tout de la prudence dans cette malheureuse
« journée. Nous avons là-bas une bande d'en-
« ragés qui, un peu par le vin, un peu parce
« que de leur naturel ils ont la bouche large,
« en disent de toute sorte. Baste, si quelque té-
« méraire....

« — Oh! je ne suis point un enfant, et je sais
« ce qu'il faut faire. Jusqu'ici il me semble que
« l'on ne peut pas dire....

« — Bien, bien. Sois attentive à les faire payer.
« Quant aux discours qu'ils tiennent sur le vi-
« caire de la Provision, et le gouverneur, et
« Ferrer, et les décurions, et les chevaliers, et
« l'Espagne, et la France, et autres sottises sem-
« blables, fais semblant de ne les point enten-
« dre, parce que, si tu les contredis, cela peut
« aller mal aussitôt, et si tu leur donnes raison,
« cela peut aller mal par la suite. Ne sais-tu pas
« aussi, toi, que quelquefois ceux qui disent les
« plus fortes...., suffit. Quand on dira des cho-
« ses...., tu m'entends, il faut tourner aussitôt
« la tête, et dire : « Je vais, » comme si quel-
« qu'un appelait d'un autre côté. Je tâcherai de
« revenir le plus tôt possible. »

Cela dit, il descendit avec elle dans la cuisine, jeta un coup-d'œil dans la salle pour voir s'il n'y avait rien de nouveau, détacha d'une cheville son chapeau et sa cape, prit un bâton dans un coin, renouvela à sa femme par un autre regard les instructions qu'il lui avait données, et sortit. Mais, tout en faisant cette opération, il avait repris en son cœur le fil de l'apostrophe commencée au lit du pauvre Renzo, et il la poursuivait en cheminant dans la rue : « Têtu « de montagnard ! » car Renzo aurait beau voulu déguiser cette qualité, elle se manifestait dans ses discours, dans sa prononciation, dans son aspect et dans ses manières ; « une jour- « née comme celle-ci ! à force d'adresse, « force de jugement, je m'en tirais les mains « nettes ; et il fallait que tu me vinsses sur la fin « pour me gâter l'œuf dans le panier ! Est-ce « qu'il manque d'hôtelleries à Milan, pour venir « tomber précisément à la mienne ? Au moins si « tu étais venu seul, j'aurais fermé l'œil pour « ce soir, et demain matin je te l'aurais donné « à entendre. Mais non ; monsieur vient en « compagnie, et en compagnie d'un mouchard, « pour mieux faire ! »

À chaque pas l'hôte rencontrait dans son chemin ou des passants isolés, ou des bandes, ou des troupes de gens qui rôdaient en parlant bas. Il en était là de sa muette allocution quand il vit venir une patrouille de soldats. Se tirant de côté, il les regarda du coin de l'œil, et continua à

part lui : « Les voilà, les châtie-fous. Et toi, grand
« butord, pour avoir vu un peu de peuple en mou-
« vement qui faisait un peu de bruit, tu t'es fourré
« dans la tête que le monde allait être bouleversé.
« Sur ce beau fondement, tu t'es perdu toi, et tu
« me voulais perdre par-dessus le marché : ce n'est
« pas juste. Je faisais mon possible pour te sauver;
« et toi, imbécille, pour remercîments, peu s'en
« est fallu que tu ne misses mon auberge sens des-
« sus dessous. C'est à toi de voir maintenant com-
« ment tu sortiras d'embarras ; quant à moi, j'y
« saurai pourvoir. Comme si je voulais savoir ton
« nom par curiosité ! Que m'importe que tu sois
« Taddeo ou Bartolommeo ? J'ai en effet beau-
« coup de plaisir à avoir la plume à la main ! Mais
« vous n'êtes point les seuls, vous autres, à vou-
« loir que les choses marchent à votre guise.
« Je le sais parbleu bien aussi qu'il y a des or-
« donnances dont on ne tient point compte. Belle
« nouvelle, pour qu'on ait besoin qu'un monta-
« gnard vous l'apprenne ! Mais tu ne sais pas, toi,
« que les ordonnances contre les hôtes comptent
« pour quelque chose. Tu veux changer le monde,
« tu veux parler, et tu ignores que, lorsqu'on veut
« faire à sa guise, et avoir les ordonnances dans sa
« poche, la première chose c'est de n'en pas dire
« de mal en public ! Et sais-tu, grande bête, sais-
« tu ce qui arriverait à un pauvre aubergiste qui
« serait de ton avis et ne s'informerait pas du nom
« de celui qui lui fait la grâce de descendre chez
« lui ? « *Sous peine, contre qui que ce soit des-*

« *dits aubergistes, cabaretiers et autres comme*
« *dessus, de trois cents écus.* » On les couvera
« les trois cents écus, et pour les si bien dépen-
« ser! *Pour être appliqués les deux tiers à la*
« *chambre royale, et l'autre tiers à l'accusa-*
« *teur ou au délateur. Et, au cas d'impuis-*
« *sance, cinq ans de galères, et plus forte peine*
« *pécuniaire ou corporelle, à la discrétion de*
« *Son Excellence.* » Bien obligé ! à ses grâces ! »

Comme il disait ces mots, l'hôte mettait le
pied sur le seuil du palais du capitaine de justice.

Là, comme dans toutes les autres secrétaireries,
on était fort en affaires. De toute part on s'ap-
pliquait à donner les ordres qui semblaient les
plus propres à tout prévoir pour le jour suivant, à
ôter tout prétexte à la rébellion, à refroidir l'audace de ceux qui désiraient de nouveaux désordres,
à assurer la force aux mains accoutumées à l'employer. On augmenta le nombre des soldats qui
veillaient à la maison du vicaire. Les avenues de
la rue furent barrées avec des poutres, et fermées
avec des chariots. On enjoignit à tous les boulangers de travailler sans relâche à faire du pain;
l'on expédia des estafettes aux villages circon-
voisins, avec l'ordre d'envoyer du blé à la ville ;
on députa des nobles à chaque four, pour s'y
porter de grand matin, y surveiller la distri-
bution ; et contenir les inquiets par l'autorité de
leur présence et de bonnes paroles. Mais pour
donner, comme on dit, un coup sur le cercle et
un coup sur le tonneau, et rendre par un peu

1.

de frayeur les caresses plus efficaces, on songea
aussi au moyen de mettre la main sur quelque
séditieux. Ce soin regardait principalement le capitaine de justice. L'on imagine aisément de quel
œil celui-ci voyait les insurrections et les insur-
gés, avec un bandeau d'eau vulnéraire sur l'un
des organes de la profondeur métaphysique. Ses
limiers étaient en quête depuis le commencement
du tumulte. Cet Ambrogio Fusella était, comme
l'a dit notre hôte, un mouchard déguisé, envoyé à la découverte pour en prendre un sur l
fait, le pouvoir reconnaître, l'épier, le tenir
pour ainsi dire sous la main, afin de l'empoigner
à la nuit, quand le calme serait revenu, ou le
le lendemain. Après avoir entendu quatre mot.
du fameux sermon de Renzo, il avait fait aussitô
fond sur lui. Renzo lui paraissait un bon en
fant de coupable, qui était justement son affaire
Voyant ensuite qu'il était nouvellement débarqu
de son village, il avait tenté le coup de maîtr
de le conduire tout chaud aux prisons, comme à
l'hôtellerie la plus sûre de la ville ; mais l'évé
nement ne réussit pas, ainsi que nous l'avon
vu. Il put cependant porter à la police des rensei
gnements bien sûrs sur son nom, sur son prénom
sur son pays, outre cent autres conjectures, d
sorte que, lorsque l'hôte arriva pour dire ce qu'
savait de Renzo, on en savait déjà plus qu
lui.

Il entra dans la salle accoutumée, et fit so
rapport : il dit comment un étranger était ven

loger chez lui, qui n'avait jamais voulu décliner son nom.

« Vous avez fait votre devoir en nous en don-
« nant avis, » dit un notaire criminel en-quit-
tant la plume ; « mais nous le savions déjà. »

« — Le beau mystère ! » pensa l'hôte : il
« faut en effet une grande habileté ! »

« — Et nous savons aussi, continua le no-
« taire, ce fameux nom.

« — Diable, le nom aussi. Comment ont-ils
« fait ? » pensa l'hôte cette fois.

« — Mais, reprit le notaire d'un air sérieux,
« vous ne dites pas tout sincèrement.

« — Qu'ai-je à dire de plus ?

« — Ah ! ah ! nous savons très bien que cet
« homme a porté dans votre auberge une grande
« quantité de pain dérobé, pillé, acquis par le
« vol et par la sédition.

« — Un homme vient avec un pain dans sa
« poche : je sais beaucoup, moi, où il l'est allé
« prendre ! car, s'il faut parler comme je le ferai
« à l'article de la mort, je ne lui ai vu qu'un seul
« pain.

« — Vous voilà bien, à toujours excuser, à
« toujours défendre ! A vous entendre, ce sont
« tous de braves gens. Comment pouvez-vous
« prouver que ce pain fût bien acquis ?

« — Qu'ai-je à prouver, moi ? Je n'entre pas
« dans tout cela. Je suis aubergiste.

« — Vous ne pourrez pas nier au moins que
« votre habitué a eu l'audace de tenir des pro-

« pos injurieux contre les ordonnances, et de
« faire des plaisanteries indécentes sur les armes
« de Son Excellence.

« — Permettez, votre seigneurie. Comment
« peut-il être un de mes habitués, si je le vois
« pour la première fois? C'est le diable, sauf
« votre respect, qui l'a envoyé chez moi. Si
« je l'avais connu, votre seigneurie comprend
« très bien que je n'aurais pas eu besoin de lui
« demander son nom.

« — Cependant, dans votre auberge, en votre
« présence, on a tenu des propos incendiaires,
« des discours audacieux; on a fait des proposi-
« tions séditieuses, des murmures, des cris, des
« clameurs.

« — Comment votre seigneurie veut-elle que
« je fasse attention aux folies que peuvent dire
« tant de braillards qui parlent tous à la fois?
« Je ne fais attention qu'à mes intérêts, car je
« suis un pauvre homme. Et puis votre seigneu-
« rie sait que celui qui est hardi dans ses propos
« est encore plus hardi dans ses gestes, surtout
« quand ils sont tant de gens ensemble.

« — Oui, oui; laissez-les, laissez-les faire et
« dire: demain, demain, vous verrez si la cha-
« leur aura délogé de leur cerveau. Que croyez-
« vous?

« — Je ne crois rien.

« — Que la canaille soit devenue maîtresse
« de Milan?

« — Oh! justement.

« — Vous verrez, vous verrez.

« — J'entends très bien. Le roi sera toujours
« le roi ; mais qui aura mis la main sur quelque
« chose le gardera... Naturellement, un pauvre
« père de famille n'a pas envie d'envoyer la main.
« Vos seigneuries ont la force : c'est elles que
« cela regarde.

« — Avez-vous encore beaucoup de gens chez
« vous ?

« — Un monde.

« — Et votre habitué, que fait-il ? continue-
« t-il à crier, à travailler les gens, à préparer
« des séditions ?

« — Cet étranger, veut dire votre seigneurie :
« il est allé dormir.

« — Vous avez donc beaucoup de monde....
« Suffit. Prenez bien garde de ne le pas laisser
« partir.

« — Est-ce que je dois faire le sbire, moi ? »
pensa l'hôte ; mais il ne dit ni oui, ni non.

« — Retournez chez vous, et soyez prudent, »
reprit le notaire.

« — J'ai toujours été prudent. Votre seigneu-
« rie peut dire si j'ai jamais eu des démêlés avec
« la justice.

« — Bien, bien ; et ne croyez pas que la jus-
« tice ait perdu sa force.

« — Moi ! bonté divine ! Je ne crois rien. Je
« suis aubergiste, moi.

« — Le refrain accoutumé. N'avez-vous rien
« de plus à dire ?

« — Que voulez-vous que je dise de plus, votre
« seigneurie ? La vérité est une.

« — Baste. Pour aujourd'hui, ce que vous avez
« déposé nous suffit ; nous verrons ensuite l'af-
« faire : vous informerez plus amplement la jus-
« tice sur ce qu'on vous pourra demander.

« — Qu'ai-je à déposer, moi ? Je ne sais rien ;
« j'ai à peine assez de tête pour veiller à mes
« affaires.

« — Prenez bien garde de ne le point laisser
« partir.

« — J'espère que l'illustrissime seigneur
« capitaine saura que je suis venu faire mon
« devoir. Je baise les mains à votre seigneu-
« rie. »

A la pointe de jour, Renzo ronflait depuis environ sept heures ; et le pauvre diable était encore au fort de son sommeil, quand deux fortes
secousses aux bras, et une voix qui criait des
pieds du lit : « Lorenzo Tramaglino ! » le réveil-
lèrent en sursaut. Il se secoua, étendit les bras,
ouvrit à grand'peine les yeux, et il vit debout
devant lui, aux pieds du lit, un homme vêtu de
noir, et deux autres armés, l'un à droite, l'autre à
gauche du chevet. Renzo, entre la surprise, l
sommeil et les fumées de ce vin que vous savez
resta un moment comme enchanté. Croyan
rêver encore, et ne trouvant pas le rêve agréa
ble, il s'agitait, comme pour s'éveiller entière
ment.

« Ah ! vous avez enfin entendu ; Lorenzo Tra

« maglino, » dit l'homme à la cape noire, ce
même notaire du soir précédent. « Debout. Al-
« lons donc, levez-vous, et venez avec nous.

« — Lorenzo Tramaglino ! dit Renzo Trama-
« glino. Que veut dire ceci ? Que voulez-vous de
« moi ? Qui vous a dit mon nom ?

« — Point de bavardages : debout, vite, »
dit l'un des sbires qui étaient à ses côtés, en le
prenant de nouveau par le bras.

« — Ohé ! quelle *prepotenza* est ceci ? » cria
Renzo en retirant le bras. « L'hôte ! oh ! l'hôte !

« — Emmenons-le en chemise, » dit encore
ce sbire en se tournant vers le notaire.

« — Vous l'avez entendu, » dit celui-ci à
Renzo ; « on fera ainsi si vous ne vous levez pas
« aussitôt pour venir avec nous.

« — Et pourquoi donc ? » demanda Renzo.

« — Vous apprendrez le pourquoi de la bou-
« che du seigneur capitaine de justice.

« — Moi ? je suis un brave homme, je n'ai
« rien fait, et je m'étonne.....

« — Tant mieux pour vous, tant mieux pour
« vous. Vous en serez quitte en deux mots, et
« vous pourrez aller à vos affaires.

« — Laissez-moi donc y aller maintenant : je
« n'ai rien à démêler avec la justice.

« — Or sus, finissons-en ! » dit un sbire.

« L'emmenons-nous ? » dit l'autre.

« — Lorenzo Tramaglino ! » dit le notaire.

« — Comment votre seigneurie sait-elle mon
« nom ?

« — Faites votre devoir, » dit le notaire aux
sbires. Ceux-ci mirent aussitôt les mains sur
Renzo pour le tirer hors du lit.

« Eh! ne touchez pas à la peau d'un galant
« homme, sans quoi....! Je saurai bien m'ha-
« biller.

« — Habillez-vous donc et levez-vous vite, »
dit le notaire.

« — Je me lève, » répondit Renzo.

Il ramassait çà et là ses vêtements épars sur le
lit, comme les débris d'un naufrage sur le rivage. Puis, commençant à se les mettre; il
poursuivait toujours en disant : « Mais je ne
« veux pas aller vers le capitaine de justice : je
« n'ai que faire avec lui. Puisqu'on me fait in-
« justement cet affront, je veux être conduit
« vers Ferrer. Je connais celui-là, je sais que
« c'est un galant homme, et il m'a des obliga-
« tions.

« — Oui, oui, mon garçon, vous serez con-
« duit vers Ferrer, » répondit le notaire.

En d'autres circonstances il aurait ri de bon
cœur d'une proposition semblable; mais ce n'é-
tait pas le moment de rire. Déjà en venant il
avait vu dans les rues un tel mouvement qu'il
n'avait pas pu définir si c'était le reste d'une
émeute qui n'était point encore apaisée, ou le
commencement d'une nouvelle: Les habitants
des faubourgs descendaient en grand nombre;
on s'abordait, on marchait en troupes, on s'arrêtait en bandes. Et maintenant, sans en faire

le semblant, ou en s'efforçant du moins de ne
le pas faire, il prêtait l'oreille, et il lui semblait que le bruit allait toujours croissant. Il
désirait donc de se hâter ; mais il aurait voulu
emmener Renzo doucement et de son plein gré :
car, s'il s'était mis en guerre avec lui, il ne
pouvait pas être sûr, une fois arrivé dans la rue,
de se trouver encore trois contre un. C'est pourquoi il faisait signe de l'œil aux sbires d'avoir
patience, et de ne pas aigrir le jeune homme.
De son côté il s'efforçait de l'apaiser par de
bonnes paroles. Cependant le jeune homme,
tout en s'habillant à la hâte, en se rappelant du
mieux qu'il pouvait les souvenirs un peu confus
de la veille, s'apercevait bien à peu près que les
ordonnances et le nom et le prénom devaient
être cause de tout ce qui arrivait ; mais comment
diable cet homme-là savait-il son nom ? que
diable était-il arrivé cette nuit pour que la justice eût pris tant de hardiesse que de venir en
droiture mettre les mains sur un de ces bons
garçons qui le jour précédent avaient tant de
voix au chapitre, et qui ne devaient pas être
tous endormis, puisque Renzo s'apercevait aussi
d'une rumeur toujours croissante dans la rue ?
En regardant ensuite le notaire au visage, il y
découvrit l'agitation que celui-ci s'efforçait en
vain de tenir cachée. De là, comme pour s'éclairer sur ses conjectures et reconnaître le pays,
comme pour gagner du temps, et même pour
tenter un coup, il dit : « Je comprends bien ce

« qui cause tout ceci : c'est pour l'amour du
« nom et du prénom. Hier au soir j'étais vérita-
« blement. un peu en belle humeur : ces diables
« d'hôtes ont quelquefois des vins bien traîtres,
« et quelquefois, comme je dis, on sait que, lors-
« que le vin a passé par le canal où passent les
« paroles, il veut dire aussi son mot. Mais,
« s'il ne s'agit pas d'autre chose, je suis prêt
« maintenant à vous donner toute espèce de sa-
« tisfaction. D'ailleurs vous savez déjà mon nom.
« Qui diable vous l'a dit ?

« — Bravo, mon garçon, bravo ! » répondit
le notaire d'un air tout aimable. « Je vois que
« vous avez de la raison, et vous pouvez m'en
« croire, moi qui suis du métier ; vous êtes plus
« doux que tous les autres. C'est le meilleur
« moyen pour s'en tirer bientôt et bien : avec
« ces bonnes dispositions, en deux mots vous
« serez expédié et mis en liberté. Mais moi,
« voyez-vous, j'ai les mains liées, et je ne vous
« peux pas relâcher ici comme je le voudrais.
« Courage, dépêchez-vous, et venez hardiment :
« quand on verra qui vous êtes..... Et puis je
« dirai.... Laissez-moi faire.... suffit. Dépêchez-
« vous, mon garçon.

« — Ah ! vous ne le pouvez pas ! j'entends, »
dit Renzo. Et il continuait à s'habiller, repoussant de la main les sbires, qui faisaient mine de
lui mettre les mains dessus pour qu'il se dépêchât.

« Passerons-nous par la place de la cathédrale ? »
demanda-t-il ensuite au notaire.

« — Par où vous voudrez ; par le chemin le
« plus court, afin de vous laisser plus tôt libre, »
dit celui-ci, pestant en son cœur d'être obligé
de laisser tomber cette question mystérieuse de
enzo, qui pouvait fournir un thème à cent
interrogations. « Faut-il être malheureux ! di-
« sait-il. Voilà ! il me tombe entre les mains un
« gaillard qui, à voir, ne demande pas mieux
« que de jaser. Si l'on avait seulement le temps
« de respirer, là, *extra formam*, académique-
« ment, en jasant familièrement on lui ferait
« avouer sans peine tout ce qu'on voudrait. Ce
« serait un homme à conduire en prison bien
« et dûment examiné sans qu'il s'en fût aperçu
« le moins du monde. Faut-il qu'un homme de
« cette pâte me tombe entre les mains dans un
« moment si difficile ! Eh ! il n'y a pas moyen de
« l'éviter, » continuait-il à penser en prêtant
l'oreille et en portant la tête en arrière ; « il n'y
« a pas de remède : la journée risque d'être
« encore plus chaude que celle d'hier. » Une
rumeur extraordinaire qui se fit entendre dans
la rue lui donna lieu de penser ainsi. Il ne put
s'empêcher d'ouvrir le châssis de la fenêtre pour
jeter un coup-d'œil à la dérobée. Il vit que
c'était un rassemblement d'habitants des faubourgs, qui, sur l'ordre que leur avait intimé
une patrouille de se séparer, avaient d'abord
répondu par de mauvaises paroles ; et finis-
saient enfin par se séparer en murmurant toujours.
Ce qui sembla au notaire un signe mortel, c'est

que les soldats s'avançaient avec beaucoup de
politesse. Il referma le châssis, et il hésita un
moment pour savoir s'il devait mener l'entreprise à fin, ou laisser Renzo sous la garde des
deux sbires, et courir vers le capitaine de justice pour lui rendre compte de ce qui arrivait.
« Mais, pensa-t-il bientôt, on me dira que je
« suis un lâche, un poltron, et que je devais
« exécuter les ordres qu'on m'a donnés. Nous
« sommes en danse, il faut danser. Maudite
« foule ! damné métier. »

Renzo était debout ; les deux satellites se pla-
cèrent à ses côtés, l'un à droite, l'un à gauche ;
le notaire leur fit signe de ne lui pas faire violence ; puis, s'adressant à Renzo : « Allons, mon
« digne garçon ! à nous, dépêchez-vous. »

Cependant Renzo écoutait, voyait et réfléchis
sait. Il était déjà tout habillé, à l'exception d
son pourpoint, qu'il tenait d'une main et don
il fouillait les poches avec l'autre. « Ohé ! » dit
il, en regardant le notaire d'un air très significatif ; « il y avait là de l'argent et une lettre,
« monsieur !

« — On vous rendra tout fidèlement, reprit
« le notaire, quand on aura rempli ces petites
« formalités. Marchons, marchons.

« — Non, non, non, » disait Renzo en se-
couant la tête ; » cela ne me plaît pas du tout. Je
« veux ce qui m'appartient, monsieur. Je ren-
« drai compte de mes actions ; mais je veux ce
« qui m'appartient.

« — Je veux vous montrer que j'ai de la con-
« fiance en vous. Tenez, et dépêchons-nous, »
it le notaire, en tirant de son estomac et en
remettant avec un soupir à Renzo les choses sé-
uestrées. Celui-ci, en les remettant à leur place, murmurait entre ses dents : « Quelle curio-
« sité ! Vous avez tant de rapports avec les vo-
« leurs que vous en avez un peu appris le mé-
« tier ! » Les sbires n'y pouvaient plus tenir ;
mais le notaire les modérait de l'œil, et il se
disait : « Si tu mets une fois le pied hors de la
« maison, tu me le paieras avec usure, tu me
« le paieras. »

Pendant que Renzo mettait son pourpoint et
prenait son chapeau, le notaire fit signe à l'un
des sbires de passer devant dans l'escalier ; il fit
marcher ensuite le prisonnier ; puis l'autre ami
derrière, et il se mit enfin en mouvement. Arrivés dans la cuisine, et tandis que Renzo se mit
à dire : « Et ce saint homme d'hôte, où s'est-il
« fourré ? » le notaire fait un autre signe à ses
compagnons. Ceux-ci prennent, l'un la main
droite, l'autre la main gauche du jeune homme, et en toute hâte ils lui lient les poings avec
de certaines machines que, par cette hypocrite
figure de rhétorique de l'euphémisme, on nomme
menottes. Elles consistaient (on regrette d'être
obligé de descendre à des minuties indignes de
la gravité de l'histoire, mais la clarté l'exige) ;
elles consistaient en une petite corde un peu plus
longue que le tour d'un poing ordinaire, qui

avait aux deux bouts deux petits morceau:
de bois comme deux garrots. La corde en·
tourait le poing du.patient; les chevilles, pas
sées entre le médium et l'annulaire du cap
teur, restaient enfermées dans sa main, d
manière qu'en les tordant il resserrait le lie
à volonté. Cette mesure avait pour but noı
seulement d'assurer la capture, mais encor
de martyriser les récalcitrants; pour mieux l'at
teindre, la corde était pleine de nœuds.

Renzo se débat; il crie : « Quelle trahison. es
« ceci? A un brave garçon....! » Mais le no
taire, qui avait des paroles dorées pour tous le
fâcheux événements : « Prenez patience ƒ disait
« il. Ils font leur devoir. Que voulez-vous? c
« sont toutes formalités. Nous ne pouvons pa
« traiter le monde comme nous le voudrions
« Si nous ne faisions pas ce qu'on nous ordonne
« nous serions frais; nous serions plus mal qu
« vous. Prenez patience! »

Comme il parlait, les deux opérateurs donnè
rent un tour aux menottes. Renzo se rebiff.
comme un cheval ombrageux qui sent sa bou
che pressée par le mors, et il s'écria : « Pa
« tience ! »

« — Mais, digne garçon! dit le notaire, c'e.
« la vraie manière de s'en bien tirer. Que voulez
« vous? c'est ennuyeux, j'en conviens; mais e
« vous conduisant bien vous en serez hors en u
« moment. Et puis je vois que vous êtes bien dis
« posé, je me sens porté à vous servir, et j

« veux aussi vous donner un autre avis pour
« votre bien. Croyez-moi, car j'ai l'habitude
« de ces sortes de choses, passez votre chemin
« en droiture, sans regarder autour de vous,
« sans vous faire remarquer. Personne ne pren-
« dra garde à vous, personne ne s'avisera de ce
« qui se passe, et vous conserverez votre hon-
« neur. Dans à une heure vous serez en liberté ;
« on a tant de choses à faire qu'on a hâte aussi
« de vous expédier ; et puis je parlerai, moi....
« Vous irez à vos affaires, et personne ne saura
« que vous avez été aux mains de la justice. Et
« vous, » poursuivit-il d'un air sévère en s'a-
dressant aux sbires, « observez bien de ne lui
« faire aucun mal, parce que je le prends sous
« ma protection. Il faut que vous fassiez votre
« devoir ; mais rappelez-vous que c'est un brave
« et digne garçon, un jeune homme honnête,
« qui sous peu sera libre, et qu'il doit avoir son
« honneur à cœur. Que rien ne paraisse. Al-
« lez comme trois hommes paisibles qui font
« leur chemin ensemble. Vous m'entendez ! »
dit-il d'un air impératif et le sourcil menaçant.
Puis, se tournant vers Renzo, le sourcil calme et
l'air devenu riant en un moment, qui semblait
dire : « Oh ! nous sommes vraiment bons amis,
« nous deux ! » il lui glissa de nouveau : « Un
« peu de raison ; faites ce que je vous dis ; ne
« regardez pas autour de vous ; fiez-vous en qui
« vous porte tant d'intérêt ! Allons. » Et le convoi se mit en marche.

Toutefois Renzo ne crut pas un mot de tant de beaux discours. Que le notaire lui voulût plus de bien qu'aux sbires, qu'il prît tant à cœur sa réputation, qu'il eût l'intention de le servir, Renzo n'en crut absolument rien. Il comprit très bien que le digne homme, craignant qu'il ne se présentât dans la rue une bonne occasion de s'échapper de leurs mains, mettait ces beaux motifs en avant pour le détourner d'être attentif à la saisir et à en profiter. Toutes ces exhortations ne servirent qu'à raffermir Renzo dans la résolution qu'il avait déjà prise vaguement, c'est-à-dire de faire tout le contraire.

Que personne n'aille conclure de ceci que le notaire fût un fourbe novice et sans expérience, car on s'abuserait. C'était au contraire un maître fourbe, dit notre historien, qui semble avoir été de ses amis; mais il avait dans ce moment l'esprit tout agité. Je puis vous assurer que de sang-froid il se serait bien moqué d'un homme qui, pour engager quelqu'un à faire une chose suspecte, serait allé la lui suggérer et la lui conseiller si chaudement, sous la pitoyable apparence de lui donner un avis désintéressé, un conseil d'ami. Mais quand les hommes sont en proie à l'agitation et à l'inquiétude, et qu'ils s'avisent du moyen qu'un autre pourrait employer pour les tirer d'embarras, ils ont tous une tendance à le leur demander avec instance, à chaque minute, et sous toute sorte de prétextes; et quand les fourbes sont agités et in-

quiets, ils tombent aussi sous cette loi commu-
ne. De là vient qu'en de telles occurrences ils
font pour l'ordinaire une triste figure. Ces coups
de maître, ces bonnes malices à l'aide desquels
ils ont coutume de triompher, qui sont devenus
pour eux comme une seconde nature, et qui,
employés à temps et conduits avec la présence,
avec la sécurité d'esprit nécessaires, réussissent
si bien et sont si adroitement cachés; ces bonnes
malice qui, lorsqu'elles éclatent, recueillent,
après la réussite, des applaudissements unani-
mes, les pauvres diables, quand ils sont dans
les angoisses, les emploient en toute hâte, en
désordre, sans esprit ni délicatesse. Ils excitent
le rire et font pitié à qui les observe s'industrier
et s'agiter en cent manières. Celui qu'ils veulent
alors envelopper, quoiqu'il soit beaucoup moins
rusé qu'eux, sait fort bien découvrir tous leurs
manéges; il s'éclaire à leurs artifices, et les
tourne contre eux-mêmes. C'est pourquoi on
ne saurait trop recommander aux fourbes de
profession de garder toujours leur sang-froid,
ou, ce qui vaut mieux encore, de ne ja-
ais se trouver dans des circonstances diffi-
iles.

Renzo donc, à peine furent-ils dans la rue,
ommença à jeter les yeux çà et là, à s'agiter
e tous ses membres, à mettre la tête en avant,
prêter l'oreille. Il n'y avait pourtant pas un
oncours extraordinaire de peuple; et bien que sur
a figure de plus d'un passant on pût facilement lire

quelque chose de séditieux, cependant tout le
monde passait son chemin, et il n'y avait pas
de sédition proprement dite.

« De la raison! de la raison! » lui murmurait le notaire derrière les épaules. « Votre hon-
« neur, l'honneur, jeune homme. » Mais quand
Renzo, en prêtant l'oreille à trois hommes qui
venaient avec la figure enflammée, entendit parler d'un four, de farine cachée, de justice, il
commença aussi à leur faire des mines et à
tousser de cette manière qui annonce toute
autre chose qu'un rhume. Ceux-ci regardèrent
plus attentivement le convoi et s'arrêtèrent;
les autres, qui l'avaient déjà dépassé, entendant
un bruit sourd, revenaient sur leurs pas et se
mettaient à la queue.

« Prenez garde à vous; ayez de la raison,
« mon garçon; ne gâtez pas vos affaires; l'hon-
« neur, la réputation, » disait tout bas le notaire. Renzo faisait pire. Les sbires, après s'être
consultés de l'œil, et croyant bien faire (chacun
est sujet à errer), lui serrèrent les menottes.

« Aïe! aïe! aïe! » crie le patient. A ce cri
la foule s'épaissit autour; on accourt de toutes
les parties de la rue. Le convoi se trouve en-
gravé. « C'est un mauvais garnement, » disait
le notaire à ceux qui étaient sur lui; « c'est un
« voleur pris sur le fait. Retirez-vous; laissez
« passer la justice. » Mais Renzo s'aperçoit que
l'occasion est favorable; il voit les sbires pâlir et
presque mourants de peur, « Si je ne m'aide pas

« maintenant, pensa-t-il, tant pis pour moi. » Et
aussitôt il élève la voix : « Mes amis! on m'em-
« mène parce que j'ai crié hier : « Pain et jus-
« tice! » Je n'ai rien fait ; je suis un brave hom-
« me. Secourez-moi ; ne m'abandonnez pas, mes
« amis! »

On lui répond par un léger murmure qui se
changea bientôt en un cri unanime de faveur.
Les sbires ordonnent d'abord, puis ils demandent, puis ils conjurent les plus voisins de
s'en aller, et de leur livrer passage ; la foule au
contraire les enveloppe et les presse de toute
part. Ceux-ci, à la vue du danger, lâchent les
menottes, et ils s'efforcent de se perdre dans la
foule pour en sortir sans être vus. Le notaire désirait du fond de son âme d'en faire autant ; mais
ce lui était plus difficile, à cause de sa cape noire.
Le pauvre homme, la pâleur sur le visage et la
mort dans l'âme, cherchait à se faire petit. Il allait
en tordant son corps pour se tirer de la foule ;
mais il ne pouvait pas lever les yeux sans en voir
vingt sur lui. Il s'étudiait en tout sens pour pa-
aître un étranger qui, passant par là par ha-
ard, s'était trouvé pris dans la foule comme
n brin de paille dans la glace, et, se rencon-
rant nez à nez avec un homme qui le regardait
xement et d'un air pire que les autres, lui, la
ouche composée au sourire, et d'un air niais,
l lui demanda : « Qu'est-ce donc que cette
rumeur ?

« — Ouh! vilain corbeau, » répondit celui-ci.

« Corbeau ! corbeau ! » répète-t-on de toute part. Aux cris se joignirent les poussées, si bien que, pour en finir, partie avec ses propres jambes, partie avec les coudes d'autrui, il obtint ce qui lui tenait le plus au cœur en ce moment, de se tirer de cette bagarre.

CHAPITRE XVI.

« Sauvez – vous, sauvez – vous, mon brave
« homme. Ici est un couvent, là est une église ;
« par ici, par là, » crie-t-on à Renzo de tout
côté. L'avis n'était pas nécessaire. Dès l'instant
que Renzo avait commencé à concevoir l'espérance de se tirer des griffes de la police, il avait fait
son compte, et délibéré, si l'événement venait à
réussir, de marcher sans s'arrêter jusqu'à ce qu'il
ût hors non seulement de la ville, mais du
uché, « Parce que, avait-il pensé, de quelque
manière qu'ils soient parvenus à se le procurer, ils ont mon nom sur leurs damnés de li-
« vres; avec nom et mon prénom, ils me pour-
ront venir prendre quand ils voudront. » Quant
un asyle, il ne s'y serait jeté qu'à la dernière
xtrémité, « Parce que, si je puis être oiseau des
champs, avait-il ensuite pensé, je ne me veux
pas faire oiseau de cage. » Il avait donc choisi
ur terme de sa course et pour refuge ce pays,
ans le territoire de Bergame, où s'était établi
n cousin Bortolo, qui, s'il vous en souvient, l'a-
ait fait presser plusieurs fois de s'y aller établir.

Mais le point était de trouver la route. Laissé dans une partie inconnue d'une ville entièrement inconnue pour lui, Renzo ne savait pas par quelle porte on sortait pour aller à Bergame ; et quand il l'aurait su, il ne l'aurait pas su trouver. Il eut un moment la pensée de demander des renseignements à ses libérateurs ; mais comme, dans le peu de temps qu'il avait eu pour méditer sur ses affaires, il lui était venu à l'esprit d'étranges pensées sur ce fourbisseur si obligeant, père de quatre enfants, il ne voulut rien laisser percer de ses projets devant tant .de monde, car il pouvait s'y trouver un autre homme de cet acabit. Il délibéra aussitôt de s'éloigner en hâte de ce lieu ; il pourrait ensuite demander son chemin dans un endroit où personne ne saurait qui il était, ni pourquoi il l demandait. Il dit à ses libérateurs : « Je vou « rends grâces, mille grâces, les amis ! Que le Cie « vous bénisse ! » Et sortant par une large ouver ture qu'on lui fit immédiatement, il lève les ta lons, et en route. Il se jette dans une ruelle, i enfile une traverse, il galoppe un bon momen sans savoir où. Quand il lui sembla qu'il s'étai suffisamment éloigné, il ralentit le pas pour n pas donner de soupçon ; et il commença à regar der autour de lui pour choisir l'homme à qui i ferait sa demande, une figure qui inspirât de l confiance. La demande était suspecte de soi le temps pressait. Les sbires, à peine revenus d leur première frayeur, devaient, sans aucu doute, s'être remis à la recherche de leur fugitif. Le bruit de cette fuite pouvait être arrivé jusque là; et dans une si grande foule, Renzo dut peut-être faire dix jugements physionomiques avant de trouver la figure qui lui semblât convenable. Cet homme replet qui était debout sur la porte de sa boutique, les jambes écartées, les mains derrière les dos, le ventre en dehors, le menton en l'air, d'où pendait un triple étage de chair, et qui, par délassement, allait alternativement soulevant sur la pointe des pieds sa tremblante masse et la laissant retomber sur ses talons, avait l'air d'un bavard curieux, qui, au lieu de lui répondre, l'aurait accablé de questions. Cet autre qui venait vers lui les yeux fixes et la bouche béante, loin de pouvoir enseigner son chemin à quelqu'un, semblait à peine savoir le sien. Ce petit garçon qui, à vrai dire, paraissait très éveillé, paraissait être aussi plus malin encore; et probablement il se serait fait un divin plaisir d'envoyer un pauvre étranger du côté opposé à celui où il tendait. Tant il est vrai que tout est un nouvel embarras à 'homme qui est dans un premier embarras! Il en aperçut enfin un qui marchait en toute hâte: il pensa que celui-ci, ayant probablement quelque affaire pressante, lui répondrait vite et franchement pour se débarrasser de lui; et l'entenant parler seul, il estima que ce devait être un homme franc. Il l'aborde, et lui dit: « De grâce,

« monsieur, de quel côté sort-on de la ville pour
« aller à Bergame?

« — Pour aller à Bergame? par la porte Orien-
« tale.

« — Mille grâces, monsieur. Et pour aller à
« la porte Orientale.

« — Prenez cette rue à gauche; vous tombe-
« rez sur la place de la cathédrale; puis.....

« — Il suffit, monsieur; je sais le reste. Que
« Dieu vous le rende! » Et il chemina en toute
hâte du côté qui lui avait été indiqué. L'indica-
teur le suivit de l'œil. Et combinant dans sa tête
cette manière de cheminer avec la demande, il
se dit : « Ou il a fait quelque coup de tête, ou
l'on lui veut faire un mauvais parti. »

Renzo arriva sur la place de la cathédrale. Il
la traversa, passa près d'un monceau de cendres
et de charbons éteints, et reconnut les restes du
feu de joie auquel il avait assisté la veille. Il cô-
toya l'escalier de la cathédrale, revit le four des
Béquilles à demi démoli et gardé par des soldats,
et il passa outre. En cheminant toujours, sans
s'arrêter, par le chemin par où il était venu dans
la ville avec la foule, il arriva devant le couvent des capucins; il jeta un coup-d'œil sur cette
petite place et sur la porte de l'Église, et il se
dit en soupirant: « Ce frère d'hier m'avait pour-
« tant donné un bon conseil, qui m'avait dit de
« rester dans l'église à attendre et d'y faire un
« peu de bien. »

Là, il s'arrêta un moment à regarder fixement vers la porte par où il devait sortir. Il y vit de loin beaucoup de monde qui la gardaient. Comme il avait l'imagination un peu échauffée (il le faut plaindre, il y avait bien de quoi), il éprouva une grande répugnance à risquer le passage. Il se trouvait, comme sous la main, un lieu d'asyle, un lieu où, avec cette lettre, il serait bien accueilli. Il fut fortement tenté d'y entrer; mais, reprenant aussitôt courage : « Oiseau de champ « tant que je pourrai, se dit-il. Qui me connaît ! « Les sbires ne se seront pas mis en morceaux « pour se multiplier et m'aller attendre à toutes « les portes. » Il regarda derrière lui pour voir s'ils ne venaient pas de ce côté: il ne vit ni sbires ni personne qui semblât prendre garde à lui. Il se remit en marche, ralentit ses bienheureuses jambes, qui voulaient toujours courir, bien qu'il ne fallût plus que marcher; et doucement, doucement, en fredonnant à demi-voix, il arriva à la porte. Il y avait précisément sur le seuil une bande de gabelous, et pour renfort une compagnie de miquelets espagnols; mais ils étaient tous occupés à veiller au-dehors, pour ne pas laisser entrer ces gens qui, à la nouvelle d'une émeute, accourent comme les corbeaux sur le champ où s'est livrée une bataille. Si bien que Renzo, faisant l'innocent, les yeux baissés, d'un air entre le voyageur et le passant, franchit le seuil sans que personne lui dît rien; mais son cœur battait d'une manière étrange. Voyant à droite un petit

sentier, il y entra pour éviter la grande route,
et il marcha un bon moment avant de regarder
derrière lui.

Il marche, il marche ; il rencontre des ha-
meaux, il rencontre des villages ; il passe devant
sans demander leur nom. Il est sûr de s'éloigner
de Milan ; il espère aller vers Bergame : cela lui
suffit pour le moment. De temps en temps il se
retournait, et de temps en temps il regardait
et frottait tantôt l'un, tantôt l'autre de ses poings
encore engourdis et marqués tout autour par
une raie rouge, traces de la corde. Ses pensées
étaient, comme on l'imagine aisément, un mélange confus de repentirs, de troubles, d'inquié-
tudes, de chagrins, de tendresses ; il cherchait,
il s'étudiait à se rappeler ce qu'il avait dit et fait
le soir précédent, à découvrir la partie secrète
de son histoire, et surtout comment on avait pu
savoir son nom. Ses soupçons tombaient naturellement sur le fourbisseur, à qui il se souvenait
bien de l'avoir décliné. En se rappelant la manière dont celui-ci le lui avait tiré de la bouche,
et le maintien de cet homme, et toutes ces offres
qui tendaient toujours à vouloir savoir quelque
chose, le soupçon se changeait presque en certitude. Il avait comme une lueur confuse d'avoir
continué de jaser après le départ du fourbisseur ;
mais avec qui ? devine-le, si tu peux, étourneau ;
de quoi ? il avait beau interroger sa mémoire,
elle ne lui pouvait rien, absolument rien dire,
si ce n'est que dans ce moment elle n'était plus

au logis. Le pauvre diable se perdait dans toutes
ses recherches. C'était comme un homme qui a
confié beaucoup de blancs-seings à un individu
qu'il tenait pour sûr et pour honnête; il découv-
vre ensuite que c'était un fripon : il voudrait
savoir l'état de ses affaires. Qu'y connaître? c'est
un chaos.

Une autre étude bien cruelle était celle de fon-
der sur l'avenir quelque projet qui ne fût pas
en l'air ou bien triste; mais la plus pénible fut
bientôt celle de trouver la route. Après avoir
fait un bon morceau de chemin presque à l'aventure, il sentit la nécessité de prendre langue. Il
éprouvait bien un certain déplaisir à prononcer
le nom de Bergame, comme si ce nom avait je
ne sais quoi de suspect, d'étrange; mais pourtant
il ne pouvait pas faire autrement. Il délibéra,
ainsi qu'il l'avait fait à Milan, de demander des
renseignements au premier voyageur dont la figure lui agréerait; et ainsi fit-il.

« Vous êtes hors de la route, » lui répondit
celui-ci. Après avoir cherché un moment, moitié par le discours, moitié par les gestes, il lui
indiqua le chemin qu'il devait tenir pour se remettre sur la grande route. Renzo le remercia
de l'avis, fit semblant de le suivre en tout, alla
en effet de ce côté avec l'intention de s'approcher
de cette bienheureuse grande route, de ne la
pas perdre de vue, de cheminer en la longeant
autant que possible, mais sans y mettre le pied.
Le projet était plus facile à concevoir qu'à exécuter. En allant ainsi de droite à gauche, ne

zig-zag, un peu en suivant les indications qu'il obtenait en route, un peu en les corrigeant selon ses lumières et en les adaptant à son intention, un peu en se laissant guider par les chemins où il se trouvait engagé, notre fugitif avait déjà fait peut-être douze milles qu'il n'était pas éloigné de Milan de plus de six. Quant à Bergame, c'était un grand bonheur s'il ne s'en était pas éloigné. Il commença à comprendre que de cette manière il n'en viendrait jamais à ses fins, et il résolut de chercher quelque autre expédient. Celui qui lui vint en tête, ce fut d'avoir le nom de quelque pays voisin de la frontière, et où il pourrait se rendre par des chemins de traverse. En interrogeant sur ce pays, il tirerait des éclaircissements nécessaires sans rien demander sur ce Bergame, qui lui semblait tant respirer la fuite, l'expulsion, le criminel.

Pendant qu'il ruminait le moyen de pêcher tous ces avis sans donner de soupçon, il vit un rameau vert sur la porte d'une chaumière isolée en dehors d'un village. Depuis long-temps il sentait s'accroître le besoin de réparer ses forces. Il pensa que là serait le lieu où il pourrait faire d'une pierre deux coups, et il entra. Il n'y avait qu'une vieille femme, la quenouille sur le flanc et le fuseau à la main. Il demanda à manger un morceau : on lui offrit un peu de *stracchino** et de bon vin. Il accepta le mets, il

---

* Sorte de fromage mou.

refusa le vin. Il l'avait pris en horreur à cause
du tour qu'il lui avait joué la veille. Il s'assit, et
pria cette femme de se hâter. Elle eut fait en un
moment, et elle commença aussitôt à assaillir
son voyageur de demandes, et sur ce qu'il était,
et sur les grands événements de Milan, dont le
bruit était venu jusque là. Renzo sut non seulement éluder les demandes et en sortir avec beaucoup d'adresse ; mais, tirant avantage de la difficulté, il fit servir à ses projets la curiosité de la
vieille qui lui demandait où il allait.

« J'ai à aller en beaucoup d'endroits, répon-
« dit-il ; et si je trouve un moment de temps, je
« voudrais m'arrêter un moment à ce village as-
« sez considérable sur la route de Bergame, près
« de la frontière, pourtant sur le territoire de
« Milan.... Comment le nomme-t-on ? Il y en
« aura bien quelqu'un, pensait-il.

« — C'est Gorgonzola que vous voulez dire, »
répondit la vieille.

« — Gorgonzola ! » répéta Renzo, comme pour
mieux graver le nom dans sa mémoire. « Est-ce
« bien loin d'ici ?

« — Je ne sais pas bien ; peut-être dix, peut-
« être douze milles. S'il y avait ici quelqu'un de
« mes enfants, il vous le saurait dire.

« — Et croyez-vous que l'on y puisse aller par
« ces jolis petits sentiers, sans prendre la grande
« route, où il y a une poussière, mais une pous-
« sière ! Il y a si long-temps qu'il n'a plu !

« — Je me figure que oui. Vous le pourrez

« demander au premier village que vous rencon-
« trerez en vous dirigeant vers la droite, » et elle
le lui nomma.

« Cela va bien, » dit Renzo. Il se leva, prit
un morceau du pain qui lui était resté de ce
repas frugal, un pain bien différent de celui qu'il
avait trouvé la veille au pied de la croix de San-
Dionigi; il paya l'écot, sortit, et prit la route à
droite Et, pour ne pas allonger le récit, avec le
nom de Gorgonzola à la bouche, de village en
village, il chemina tant qu'il y arriva une heure
environ avant le coucher du soleil.

Il avait en route formé le projet de faire là
une autre halte, et d'y prendre un repas un peu
plus substantiel. Le corps aurait eu aussi besoin
d'un peu de sommeil; mais avant que d'y satisfaire, Renzo l'aurait laissé tomber mort sur la
route. Son dessein était de s'informer à l'hôtellerie de la distance de l'Adda, de tirer adroitement quelques renseignements sur quelque chemin de traverse qui y pourrait conduire, et de
se remettre en route aussitôt après le repas. Né
et élevé à la seconde source * de ce fleuve, il
avait plus d'une fois ouï dire qu'à un certain point
et durant un certain trajet, ses eaux mar-
quaient le confin entre l'état milanais et l'é-
tat vénitien. Il n'avait aucune idée précise
du point; mais pour le moment la principale

---

* Le lecteur doit se rappeler la description de l'Adda
dans le premier chapitre.

affaire c'était de franchir le fleuve. S'il n'y parvenait pas ce jour-là, il était décidé à cheminer tant que la nuit et ses forces le lui permettraient, et d'attendre ensuite l'aurore suivante dans un champ, dans des broussailles, où il plairait à Dieu, pourvu que ce ne fût pas dans une hôtellerie.

Ayant fait quelques pas dans Gorgonzola, il avisa une enseigne. Il entra, et demanda à l'hôte, qui s'avança vers lui, de quoi manger un morceau et un demi-setier de vin. Quelques milles de plus et le temps lui avaient fait passer cette horreur trop extrême pour être durable. « Je « vous prie de faire vite, ajouta-t-il, parce qu'il « faut que je me remette aussitôt en route. » Et il ajouta cela non seulement parce que c'était la vérité, mais aussi de peur que l'hôte, s'imaginant qu'il voulait coucher là, ne lui vînt demander son nom et son prénom, et d'où il venait, et pour quelle affaire..... Au diable !

L'hôte répondit à Renzo qu'il serait satisfait ; et celui-ci s'assit à l'extrémité du banc, tout à côté de la porte : c'est la place des honteux.

Il y avait dans cette salle quelques oisifs de l'endroit, qui, après avoir disputé, discuté et glosé sur les grandes nouvelles de Milan du jour précédent, se tourmentaient pour savoir comment l'affaire était allée en ce jour, d'autant plus que les premières nouvelles étaient plus propres à exciter la curiosité qu'à la satisfaire ; une sédition qui n'avait été ni réprimée ni victorieuse, suspendue plutôt que terminée par la nuit, une chose inachevée, la fin d'un acte plutôt que d'un drame.

L'un d'eux se détacha de la compagnie, s'approcha du nouveau venu, et lui demanda s'il arrivait de Milan.

« Moi, » dit Renzo surpris, pour gagner du temps afin de pouvoir répondre.

« — Vous, si la demande n'est pas trop indis-« crète. »

Renzo, serrant les lèvres, et en faisant sortir un son inarticulé, dit : « Milan, à ce que j'ima-« gine....., d'après ce qu'on en dit...., n'est pas « un pays où l'on puisse aller pour le moment, « à moins qu'une grande nécessité ne vous y ap-« pelle.

« — Le tumulte continue donc encore aujour-« d'hui, » demanda le curieux avec plus d'instance.

« — Il faudrait être là-bas pour le savoir.

« — Mais ne venez-vous pas de Milan?

« — Je viens de Liscate, » répondit nettement notre jeune homme, qui avait préparé sa réponse.

A la rigueur, il en venait, car il y avait passé. Il en avait appris le nom d'un voyageur, qui le lui avait indiqué comme le premier village qu'il aurait à traverser pour arriver à Gorgonzola.

« Oh! » dit l'interrogant oisif, comme s'il eût voulu dire : « Vous auriez mieux fait de venir de

« Milan.» Mais patience.'« Et à Liscate, ajouta-t-il,
« ne savait-on rien de Milan ?

« — Il est bien possible que quelqu'un en sût
« quelque chose, » répondit notre montagnard ;
« mais je n'y ai rien ouï dire. » Et il dit ces mots
de cet air qui semble dire : « J'ai fini. » Le curieux
retourna vers sa compagnie, et, un moment après,
l'hôte vint servir.

«Combien y a-t-il d'ici à l'Adda ?» lui dit Renzo
à demi-voix, de cet air indifférent et à demi-
niais que nous lui avons vu prendre quelquefois.

« — A l'Adda, pour passer l'eau?

« — C'est-à-dire...ȯ, oui...., à l'Adda. -

« — Voulez-vous passer par le pont de Cassano,
« ou par le bac de Canonica?

« — Où que ce soit... : je le demande par sim-
« ple curiosité.

« — Eh ! je vous le dis parce que ce sont les
« lieux par où passent les honnêtes gens, ceux
« qui peuvent rendre compte de leurs actions.

« — C'est bien. Et combien y a-t-il?

« — Il faut compter que, tant par un endroit
« que par l'autre, un peu plus, un peu moins, il
« y a six milles.

« — Six milles! Je ne le savais pas, dit Renzo.
« Mais, » reprit-il ensuite d'un air d'indifférence
qui allait jusqu'à l'affectation ; « mais, si l'on
« avait besoin de raccourcir, y aurait-il d'autres
« endroits pour passer ?

« — Assurément, » répondit l'hôte en le regardant fixement avec des yeux pleins d'une curiosité maligne. Cela suffit pour faire expirer dans la bouche du jeune homme les autres questions qu'il tenait toutes prêtes. Il tira le plat vers lui ; et, regardant la demi-bouteille que l'hôte avait posée sur la table, il dit : « Le vin est-il franc ?

« — Comme l'or. Demandez plutôt à tous les « habitants du village et des environs. D'ailleurs « vous en jugerez. » Cela dit, il alla se joindre à l'assemblée.

« Que maudits soient les hôtes ! » s'écria Renzo en son cœur. « Plus j'en connais, pires je les « trouve. »

Il se mit pourtant à manger de bon appétit, prêtant en même temps l'oreille, sans en faire semblant, afin de reconnaître le pays, d'apprendre ce que l'on pensait en ce lieu du grand événement auquel il n'avait pas pris une petite part, et d'observer surtout si parmi ces grands discoureurs il n'y aurait pas un brave homme à qui un pauvre garçon pût se hasarder de demander sa route, sans crainte d'être mis à l'étroit et sans être forcé de parler de ses affaires.

« Mais, disait l'un, il paraît que cette fois les « Milanais ont voulu en faire de bonnes. Suffit ; « demain au plus tard on en saura quelque « chose.

« — Je me repens de ne pas être allé à Milan « ce matin, » dit l'un.

« — Si tu y vas demain, j'irai aussi, » dit l'un, puis un second, puis un troisième.

« — Ce que je voudrais savoir, » reprit le pre-
« mier, c'est si ces messieurs de Milan penseront
« un peu au pauvre monde du dehors, ou s'ils ne
« songeront à obtenir quelque chose que pour
« eux. Vous savez comme ils sont faits. Les cita-
« dins sont orgueilleux ; ils ne pensent qu'à eux :
« les villageois sont traités comme s'ils n'étaient
« pas chrétiens.

« — Nous avons aussi une bouche, soit pour
« manger, soit pour dire notre raison, » dit un
autre d'une voix d'autant plus timide que la proposition était plus audacieuse. « Et puisque la
« chose est en route..... » Mais il ne jugea pas à
propos d'achever la phrase.

« — Ce n'est pas seulement à Milan qu'il y a
« du blé caché, » commençait un autre d'un
air malin et mystérieux, lorsqu'on entendit
tout à coup le bruit des pas d'un cheval qui s'approchait. Ils courent tous vers la porte ; ils re-
connaissent l'homme qui arrive, et vont tous au-
devant de lui. C'était un marchand de Milan, qui
allait souvent à Bergame pour son commerce, et
avait coutume de passer la nuit dans cette auberge. Comme il y trouvait presque toujours la
même compagnie, il avait lié connaissance avec
chacun d'eux. Ils se pressent autour de lui ; l'un
prend la bride, l'autre l'étrier. « Soyez le bien-
« venu.

« — Soyez les bien trouvés.

« — Avez-vous fait un bon voyage ?

« — Très bon. Et vous autres, comment allez-
« vous ?

« — Bien, bien. Quelles nouvelles de Milan?

« — Ah! voilà des choses bien nouvelles, en vé-
« rité, » dit le marchand en descendant et en
laissant le cheval aux mains d'un garçon. « Et
« d'ailleurs, » continua-t-il en entrant par la
petite porte avec la bande oisive, « à cette heure
« vous le savez peut-être mieux que moi.

« — Sur ma foi, nous ne savons rien, » di-
rent-ils presque tous en mettant la main sur le cœur.

« Est-ce possible?.... Eh bien! vous en enten-
« drez de belles......., ou plutôt de bien laides.
« Ehi! l'hôte! mon lit accoutumé n'est-il pas oc-
« cupé? C'est bien. Un verre de vin et mon ra-
« goût accoutumé. Vite, vite, parce que je me
« veux mettre au lit de bonne heure, et partir
« demain de très grand matin pour arriver
« à Bergame à l'heure du dîner. Et vous au-
« tres, » poursuivit-il en s'asseyant à la table du
côté opposé à celui où Renzo était silencieux et
attentif, « vous ne savez pas toutes les diable-
« ries d'hier?

« — Nous avons entendu parler d'hier.

« — Vous voyez donc bien que vous savez les
« nouvelles. Je savais très bien aussi qu'en étant
« là toujours de garde pour guetter les passants....

« — Mais aujourd'hui? comment cela est-il
« allé aujourd'hui?

« — Ah! aujourd'hui? Vous ne savez rien
« d'aujourd'hui?

« — Rien du tout. Il n'est passé personne.

« — Laissez-moi m'humecter les lèvres, et
« je vous dirai les choses d'aujourd'hui. » Il

remplit le verre jusqu'au bord, le prit de la main droite, puis avec les deux premiers doigts de l'autre main releva ses moustaches, puis aplatit la barbe avec la paume, but, et reprit : « Aujourd'hui, mes chers amis, peu s'en est « fallu que la journée ne fût aussi chaude qu'hier, « et pire encore. Et je ne peux presque pas croire « que je sois ici à vous le conter, car j'avais « déjà mis de côté toute idée de voyage pour « rester à garder ma pauvre boutique.

« — Qu'y avait-il donc ? » dit l'un des écoutants.

« — Ce qu'il y avait ? vous le verrez. » Et découpant la viande qu'on lui avait servie, et puis se mettant à manger, il poursuivit son récit. La troupe, debout à droite et à gauche de la table, l'écoutait la bouche béante. Renzo, à sa place, sans paraître y porter la moindre attention, était peut-être le plus attentif de tous, et il mangeait lentement, lentement ses dernières bouchées.

« Ce matin donc les brigands qui avaient fait « hier cet horrible fracas se trouvèrent aux « portes convenues (on était déjà d'intelligence, « tout était préparé d'avance); ils se mirent en- « semble, et recommencèrent cette belle his- « toire de courir de rue en rue en criant pour « faire amasser le peuple. Vous savez qu'il en « est de ces gens-là comme lorsque l'on balaie « la maison, parlant avec respect : plus on « avance, plus le tas d'ordures grossit. Quand

« il leur sembla qu'il y avait suffisamment de
« peuple, ils se dirigèrent vers la maison du vi-
« caire de la Provision, comme si ce n'était pas
« assez des atrocités qu'ils lui ont faites hier ! à
« un seigneur de ce caractère ! Oh ! les scélérats !
« Et les injures qu'ils vomissaient contre lui ! Tout
« était invention et fausseté : c'est un seigneur
« homme de bien, ponctuel ; et je le puis dire,
« moi, car je connais toutes ses affaires, et je
« le fournis de draps pour sa livrée. Ils s'ache-
« minèrent donc vers cette maison. Il fallait
« voir cette canaille, ces visages ! Figurez-vous
« qu'ils ont passé devant ma boutique. Ce sont
« des visages tels que.... Les juifs de la *Via Cru-
« cis* ne sont rien auprès. Et les horreurs qui
« sortaient de leurs bouches ! c'était à se bou-
« cher les oreilles, si l'on n'avait pas tant risqué
« à se faire remarquer. Ils allaient donc avec
« la bonne intention d'y mettre le sac ; mais.... »
Et là, levant et étendant la main gauche, il
appuya l'extrémité de son pouce sur l'extrémité
de son nez.

« —Mais ? » disent presque tous les écoutants.

« — Mais ils trouvèrent la rue fermée par des
« poutres et des charrettes, et derrière cette bar-
« ricade une belle file de miquelets, avec les ar-
« quebuses en joue, les crosses appuyées sur les
« moustaches. Quand ils virent cette cérémonie..
« Qu'auriez-vous fait, vous autres ?

« —Retourner en arrière ?!

« —Assurément ; et c'est ce qu'ils firent. Mais

« voyez un peu si ce n'était pas le diable qui les
« poussait ! Les voilà sur le Cordusio ; ils voient
« le four qu'ils avaient voulu saccager hier. Et
« que faisait-on dans cette boutique ? On dis-
« tribuait le pain aux acheteurs. Il y avait des
« chevaliers, et la fleur des chevaliers, qui veil-
« laient à ce que tout se passât en bon ordre.
« Ceux-ci (ils avaient le diable au corps, vous
« dis-je, et puis il y en avait qui leur souf-
« flaient aux oreilles), ceux-ci entrent à rage :
« Pille, toi, je pillerai aussi. » En un clin-d'œil,
« chevaliers, boulangers, acheteurs, pain, comp-
« toir, bancs, huches, sacs, bluteaux, son,
« farine, pâte, tout est sens dessus dessous.

« — Et les miquelets ?

« — Les miquelets avaient la maison du vi-
« caire à garder. On ne peut pas chanter et por-
« ter la croix. Ce fut fait en un clin-d'œil, vous
« dis-je. Pille, pille ; tout ce qu'il y avait à pren-
« dre fut emporté. Et puis on proposa ce beau
« divertissement d'hier, de brûler le reste sur
« la place, et d'en faire un feu de joie. Et déjà
« les scélérats commençaient à tout traîner hors
« de la maison, quand l'un d'entre eux.... Devi-
« nez un peu quelle belle proposition il mit en
« campagne !

« — Quoi donc ?

« — Quoi ? De faire un monceau de tout dans
« la boutique, et de mettre le feu au monceau
« et à la maison ensemble. Aussitôt dit que
« fait....

« —Ils y ont mis le feu !

« —Attendez. Un brave homme du voisinage
« eut une inspiration du Ciel. Il monte, il court
« dans les appartements, il cherche un crucifix,
« le trouve, le plante sur une fenêtre, ôte d'un
« chevet de lit deux bougies bénies, les allume,
« et les place à droite et à gauche du crucifix.
« Le monde regarde en haut. Dans un Milan, il
« le faut dire, il y a encore un peu de crainte
« de Dieu : chacun rentra en lui-même, je veux
« dire la plus grande partie. Il y avait bien des
« démons qui, pour voler, auraient mis le feu
« même au paradis ; mais voyant que le monde
« n'était pas de leur avis, ils furent obligés de se
« tenir tranquilles. Devinez maintenant ce qui
« survint ! Tous les *monsignori* de la cathédrale
« en procession, la croix haute, en habit pontifi-
« cal ; et monseigneur l'archi-prêtre commença
« à prêcher d'une part, et monseigneur le péni-
« tencier d'une autre, et puis d'autres d'ici et de
« là : « Mais, braves gens, mais que voulez-vous
« faire ? mais est-ce là l'exemple que vous donnez
« à vos enfants ? Mais retournez chez vous ; mais
« vous aurez le pain à bon marché ; mais allez
« voir, la *meta* est affichée dans tous les coins. »

« — Était-ce vrai ?

« — Comment ! si c'était vrai. Voulez-vous
« que les *monsignori* de la cathédrale viennent
« en grande cape pour conter des sornettes ?

« — Et que fit le peuple ?

« — Peu à peu tout le monde s'en alla ; on

« courut à tous les coins ; la *meta* s'y trouvait
« pour qui savait lire. Dites un peu ! le pain
« d'un sou, huit onces de poids.

« — Quel bonheur !

« — La vigne est belle ; pourvu que cela dure !
« Savez-vous combien on a gaspillé de farine
« entre hier et ce matin ? De quoi nourrir tout le
« duché pendant deux mois.

« — Et n'a-t-on fait aucune bonne loi pour
« nous autres du dehors ?

« — Ce qu'on a fait à Milan ne regarde que la
« ville. Je ne sais que vous dire : pour vous autres
« il en sera ce que Dieu voudra. Le tumulte a en-
« tièrement cessé maintenant. Je ne vous ai pas
« tout dit. Voici le bon...

« — Qu'y a-t-il encore ?

« — Il y a que hier soir ou ce matin on a
« arrêté plusieurs chefs, et l'on a su aussitôt que
« quatre seront pendus. A peine ce bruit a-t-il
« commencé à se répandre, que chacun a couru
« au logis par le chemin le plus court, pour ne
« pas risquer de faire le nombre cinq. Milan,
« lorsque j'en suis sorti, ressemblait à un cou-
« vent de moines.

« — Mais les pendra-t-on vraiment ?

« — Sans doute, et bientôt, » répondit le marchand.

« — Et que fera le peuple ? » demanda encore
celui qui avait fait l'autre question.

« — Le peuple ira voir, » dit le marchand.

« Ils avaient tant d'envie de voir pendre un
« chrétien en plein air, qu'ils voulaient, les scé-
« lérats, se procurer ce plaisir sur le vicaire de
« la Provision. Ils auront en échange quatre co-
« quins, servis avec toutes les formalités, accom-
« pagnés des capucins et des frères de la bonne
« mort* : ce sont des gens qui l'ont mérité. C'est
« une providence, voyez-vous ; c'était une chose
« nécessaire. Ils commençaient déjà à prendre
« l'habitude d'entrer dans les boutiques, et de
« se servir sans mettre la main à la bourse. Si
« l'on les avait laissés faire, après le pain serait
« venu le tour du vin, et ainsi de suite..... Jugez
« si ces gens-là auraient laissé tomber de leur
« propre volonté une habitude si commode ! Et
« je vous peux assurer que, pour un brave homme
« qui a une boutique ouverte, c'était une pensée
« fort peu agréable.

« — Assurément, » dit l'un des écoutants.
« Assurément, » répétèrent les autres en chœur.

« — Et, » continua le marchand en s'essuyant
la barbe avec la nappe, « c'était préparé de lon-
« gue main. Il y avait une ligue, le savez-vous ?

« — Il y avait une ligue !

« — Il y avait une ligue. C'étaient toutes ca-
« bales ourdies par les Navarrois, par ce cardi-
« nal de France, vous savez, qui a un nom à
« demi turc, et qui, chaque jour, en imagine

---

* Confrérie qui existe sous le même nom dans le midi de
la France.

« une nouvelle pour faire quelque affront à la
« couronne d'Espagne. Mais c'est surtout à Mi-
« lan qu'il vise, parce qu'il comprend bien, le
« fourbe, que c'est là qu'est la force du roi.

« — Allons !

« — En voulez-vous voir la preuve ? Ceux qui
« ont fait le plus de bruit étaient étrangers ; il
« y avait par les rues des figures qu'on n'avait
« jamais vues à Milan. J'oubliais même de vous
« dire une chose qui m'a été donnée pour sûre.
« La justice en avait attrapé un dans une hôtel-
« lerie..... »

Quand on toucha cette corde, Renzo, qui ne
perdait pas une syllabe de cette conversation,
fut saisi d'un frisson, et tressaillit avant qu'il ne
pût penser à se contenir. Personne toutefois ne
s'en aperçut ; et l'orateur, sans interrompre un
seul moment le récit, avait poursuivi :

« On ne sait pas bien encore d'où il venait,
« par qui il avait été envoyé, ni quelle espèce
« d'homme ce pouvait être ; mais assurément
« c'était un des chefs. Hier, au fort du bacchanal,
« il avait fait le diable. Ensuite, non content de
« cela, il s'était mis à pérorer et à proposer une
« toute petite gentillesse : il voulait qu'on tuât
« tous les *signori*. Scélérat ! qui ferait vivre le
« monde, quand tous les *signori* auraient été
« tués ? La justice, qui l'avait guetté, lui mit les
« mains dessus ; on trouva sur lui un paquet
« énorme de lettres, et on le menait en prison.
« Mais quoi ! ses compagnons, qui rôdaient au-

« tour de l'hôtellerie, vinrent en grande force,
« et le délivrèrent. Le coquin !

« — Et qu'en est-il advenu ?

« — On l'ignore. Il se sera sauvé, ou il se sera
« caché dans Milan. Ce sont des gens qui n'ont
« ni feu ni lieu, et qui trouvent partout à se
« loger et à se cacher, du moins tant que le
« diable peut et veut les aider. Ils donnent en-
« suite dans le piége quand ils y pensent le moins,
« parce que, quand la poire est mûre, il faut
« qu'elle tombe. Pour l'heure on sait de science
« certaine que les lettres sont restées aux mains
« de la justice, et que toute la cabale y est dé-
« crite ; et l'on dit qu'il y aura beaucoup de
« monde compromis. Ils ont mis Milan sens des-
« sus dessous ; ils voulaient faire pis encore : au-
« tant en soit-il d'eux. On dit que les boulangers
« sont des coquins. Je le sais aussi, moi ; mais il
« faut les pendre judiciairement. Il y a du blé
« caché, qui ne le sait ? Mais c'est à ceux qui
« commandent qu'il appartient d'y bien veiller,
« de l'aller déterrer, et de faire battre les entre-
« chats en l'air aux accapareurs en compagnie
« des boulangers. Et si ceux qui commandent ne
« font rien, la ville doit réclamer ; et s'ils ne
« prêtent pas d'abord l'oreille, il faut réclamer
« encore : à force de réclamer on finit par obte-
« nir. Voilà comme on agit, et on ne va pas
« mettre en avant une manière si scélérate d'en-
« trer à rage dans les boutiques et dans les ma-
« gasins pour piller. »

Le peu que Renzo avait mangé s'était changé
en poison. Il aurait donné un bras pour être loin
de cette hôtellerie, de ce village. Il s'était dit
plus de dix fois : « Partons, partons. » Mais la
peur d'être soupçonné, cette peur, accrue alors
outre mesure et devenue le tyran de toutes ses
pensées, l'avait retenu cloué sur son banc. Dans
cette perplexité, il pensa que le bavard finirait
enfin de parler de lui, et il résolut en lui-même
de se lever aussitôt qu'il entendrait entamer un
autre sujet de conversation.

« C'est pour cela, » dit quelqu'un de la compagnie, « que moi, qui sais comment vont ces
« sortes d'affaires, et que les honnêtes gens ne
« sont pas bien dans les tumultes, je ne me suis
« pas laissé vaincre par la curiosité, et je suis
« resté tranquille chez moi.

« — Et moi, ai-je bougé ? » dit un autre.

« — Moi, » ajouta un troisième, » si je m'étais
« trouvé par hasard à Milan, j'aurais laissé ina-
« chevée quelque affaire que ce fût, et je serais
« retourné aussitôt chez moi. J'ai femme et en-
« fants ; et puis, je dis la vérité, le tapage ne me
« plaît pas. »

A ce point, l'hôte, qui s'était mis aussi à
écouter, alla vers l'autre extrémité de la table
pour voir ce que faisait cet étranger. Renzo prit
la balle au bond : il appela l'hôte à lui par un
signe, lui demanda son compte, le paya sans
marchander, bien que les eaux fussent bien
basses ; et, sans faire aucun autre mouvement,

il alla en droite ligne vers la porte de la rue,
franchit le seuil, observa bien de ne pas retourner du côté par où il était venu, et se mit en
route du côté opposé, à la garde de Dieu.

CHAPITRE XVII.

Il suffit souvent d'un désir pour tourmenter un homme : jugez ce que ce doit être lorsqu'on éprouve en même temps deux désirs contraires ! Le pauvre Renzo était, comme vous savez, dans cette fâcheuse position. Il concevait à la fois le désir de fuir et le désir de se tenir caché. Les discours de ce marchand malencontreux l'avaient jeté dans une inconcevable agitation d'esprit. Hélas ! il n'en peut donc plus douter ! son aventure a fait du bruit ; on cherche à s'emparer de lui ! Qui sait combien de sbires sont en campagne pour lui donner la chasse ! Qui sait quels ordres ont été donnés de surveiller les villages, les hôtelleries, les chemins !

Il pensait bien aussi qu'au bout du compte il n'y avait que deux sbires qui le connussent, et qu'il ne portait pas son nom écrit sur son visage ; mais il lui revenait en tête mille et une histoires qu'il avait ouï raconter sur des fugitifs arrêtés et découverts dans des chemins écartés, qu'on avait reconnus à leur manière d'aller, à

leur air suspect, à d'autres signes imprévus.
Tout lui portait ombrage. Quoiqu'au moment où
il sortait de Gorgonzola on sonnât l'*Ave Maria*,
et que les ténèbres toujours croissantes dimi-
nuassent de plus en plus le danger, il ne prit
pourtant qu'à regret la grande route, et il se
promit bien d'entrer dans le premier sentier qui
lui semblerait se diriger du côté où il désirait si
ardemment d'arriver. Il rencontra d'abord quelques voyageurs; mais, l'imagination remplie de
ces fatales craintes, il n'eut pas le courage de
les accoster pour prendre langue. « L'hôte a dit
« qu'il y a six milles, pensait-il. S'il y en a huit
« ou dix en cheminant par les sentiers, les jam-
« bes qui ont fait les autres feront encore celles-
« ci. Je ne vais assurément pas du côté de Milan,
« donc je vais du côté de l'Adda. En marchant,
« en marchant toujours, j'y arriverai tôt ou
« tard. L'Adda a la voix assez forte pour se faire
« entendre. Quand j'en approcherai, je n'aurai
« plus besoin qu'on me l'indique. S'il y a quel-
« que barque pour passer l'eau, je la passerai
« aussitôt; sinon je m'arrêterai jusqu'à demain
« matin dans un champ, sur l'herbe, comme les
« moineaux. Il vaut mieux dormir sur l'herbe
« qu'en prison. »

Il vit bientôt un petit chemin de traverse s'ouvrir à sa gauche, et il s'y jeta. A cette heure s'il
avait rencontré quelqu'un sur sa route, il l'aurait interrogé sans crainte; mais on n'entendait
pas un seul bruit de pas. Il allait donc en se

laissant guider par le chemin, et il réfléchis-
sait :

« Moi, faire le diable! moi, assassiner tous
« les *signori!* Un paquet de lettres, moi! Mes
« compagnons qui restaient à faire le guet! Je
« donnerais quelque chose de bon cœur pour
« me trouver nez à nez avec ce marchand, de
« l'autre côté de l'Adda (Ah! quand l'aurai-je
« passée, cette bienheureuse Adda!): je l'arrê-
« terais pour lui demander, mais je dis poliment,
« où il a pêché toutes ces belles nouvelles. Ap-
« prenez, mon cher monsieur, que la chose s'est
« passée de telle et telle manière. J'ai fait le
« diable, dites-vous! J'ai secondé Ferrer, com-
« me s'il avait été mon propre frère. Apprenez
« que ces scélérats qui étaient mes amis, à vous
« entendre, m'ont voulu faire un mauvais parti,
« parce que, en un certain moment, j'ai parlé
« en bon chrétien. Apprenez enfin que, tandis
« que vous étiez à garder votre boutique, je me
« faisais écraser les côtes pour sauver votre sei-
« gneur vicaire de la Provision, que je n'ai ja-
« mais vu ni connu. Vous pouvez attendre que
« je me remue une autre fois pour secourir des
« *signori....* Il est vrai qu'on le doit faire par
« bonté d'âme : les *signori* sont aussi notre pro-
« chain. Et ce gros paquet de lettres où était
« toute la cabale, ce paquet de lettres qui est
« maintenant aux mains de la justice, ainsi que
« vous le dites avec tant d'assurance, si je vous
« le faisais paraître ici sans l'aide du diable

« Etes-vous curieux de le voir ? Le voilà, ce
« paquet.... C'est une seule lettre !.... Oui, mon-
« sieur, une seule lettre. Et cette lettre, savez-
« vous qui l'a écrite ? C'est un religieux, si vous
« le voulez savoir, qui vous pourrait donner des
« leçons sur tout. Sans vous mépriser, un seul
« poil de sa barbe vaut mieux que toute la vôtre.
« Il l'a écrite, cette lettre, comme vous voyez,
« lui voudrais-je dire, à un autre religieux qui
« est aussi un homme.... Vous voyez maintenant
« quels sont ces brigands mes amis. Apprenez
« un peu à parler une autre fois, surtout quand
« il s'agit de votre prochain. »

Mais après quelque temps ces pensées firent
place à d'autres. Les circonstances présentes oc-
cupaient toutes les facultés du pauvre voyageur.
La crainte d'être poursuivi ou découvert, cette
crainte qui durant le jour avait rendu son voyage si amer, ne lui donnait plus de soucis ; mais
que de choses rendaient celui-ci plus triste ! Les
ténèbres, la solitude, la fatigue toujours croissante et toujours plus pénible ! Il soufflait une
bise froide, égale, pénétrante, et le pauvre
Renzo n'avait sur le corps que ces vêtements légers qu'il avait mis pour aller à l'église, et retourner triomphant au logis aussitôt après son
mariage. C'était beaucoup déjà ; pour surcroît
de malheur il lui fallait aller à l'aventure, et
chercher, sans savoir où, un gîte où il put prendre en sûreté un moment de repos.

Quand il venait à traverser quelque village,

il cheminait doucement, doucement. Il regardait toutefois si quelque porte était encore ouverte; mais tout le monde était couché. Il ne voyait que rarement, et à de longs intervalles, une faible lumière percer à travers quelques châssis de croisée. Le hameau franchi, il s'arrêtait à chaque instant sur la route, il prêtait l'oreille, il cherchait à entendre ce bienheureux murmure de l'Adda; mais c'était vainement. Il n'entendait d'autre bruit qu'un long hurlement de chiens qui partait de quelque chaumière isolée, se perdant dans le vague de l'air, plaintif à la fois et menaçant. A son approche le hurlement se changeait en un aboiement animé, furieux. Arrivé devant la chaumière, il entendait, il voyait presque l'animal, le museau au défaut de la porte, redoubler ses hurlements; cette circonstance lui ôtait la tentation de heurter et de demander à être abrité. Peut-être même, sans la crainte des chiens, n'aurait-il pas eu plus de courage. « Qui est là? pensait-il; que « voulez-vous à cette heure? comment êtes-vous « arrivé ici? faites-vous connaître; est-ce qu'on « manque d'auberges où passer la nuit? voilà, « si je frappe, la meilleure réponse que je pourrai recevoir. Bienheureux encore si je n'avais « pas affaire à quelque poltron qui se mettrait « à crier : « Au secours! au voleur! » Il faut « avoir aussitôt quelque chose de net à répondre, et qu'ai-je à répondre, moi? Celui qui « entend du bruit la nuit ne rêve que voleurs,

« que mauvais garnements, que piéges. On ne
« croit jamais qu'un honnête homme puisse se
« trouver à rôder de nuit, si ce n'est un gentil-
« homme en carosse. » Alors il gardait ce parti
pour l'extrême nécessité, et il allait en avant,
toutefois avec l'espérance de découvrir au moins
l'Adda, s'il ne la pouvait pas passer cette nuit,
et dans la ferme résolution de ne pas rechercher
le grand jour.

Il continua donc sa route. Il arriva en un lieu
où la campagne cultivée mourait en une lande de
fougère et d'arbrisseaux. Cela lui parut, sinon
les approches d'un fleuve, au moins un indice
favorable, et il s'y engagea en suivant le sentier
qui la traversait. Quand il eut fait quelques pas,
il se mit à prêter l'oreille, mais en vain. Ce lieu
désolé, où il ne voyait plus ni un mûrier, ni une
vigne, ni aucune trace de culture qui jusque
alors avait semblé lui faire une demi-compagnie,
accrut encore l'ennui du chemin. Il alla toutefois de l'avant, et comme dans son esprit commençaient à s'élever certaines images, certaines
apparitions; vains restes de mille histoires qu'il
avait ouï raconter, lui, pour les chasser ou
pour les apaiser, récitait, en cheminant, et
répétait les prières pour les morts.

Peu à peu il atteignit des buissons plus élevés
de ronces, de pruneliers, de chênes nains *. En

---

* *Querciuole.* C'est le chêne sur lequel on recueille le
kermès. Je crois qu'il est inconnu dans le nord de la France.

avançant toujours, et en doublant le pas avec
plus d'impatience que de joie, il commença à
voir entre les broussailles quelques arbres épars.
Il avance encore, toujours guidé par le même
sentier, et il tombe dans un bois touffu. Il
éprouvait d'abord une certaine répugnance à
s'y engager; mais il la surmonta, et, quoiqu'à
contre-cœur, il passa outre. Plus il s'y enfonçait,
plus sa répugnance augmentait. Chaque objet
lui donnait de l'ennui. Les arbustes qu'il apercevait de loin et qu'il regardait fixement lui
apparaissaient sous des aspects étranges, diffor-
mes, étonnants; l'ombre des cîmes légèrement
agitées qui tremblait sur le sentier éclairé par la
lune lui déplaisait. Le bruissement des feuilles
sèches que ses pieds foulaient avait pour son
oreille je ne sais quoi de sinistre. Vaincu, hors
de lui, ses jambes, par un instinct machinal,
voulaient prendre leur course et l'emporter hors
de ces lieux; mais il semblait en même temps
qu'elles se dérobaient sous lui, qu'elles avaient
peine à le soutenir. Il sentait la bise battre plus
froide et plus aiguë sur son visage et sur ses joues;
il la sentait s'insinuer et courir entre les vêtements et la chair, les roidir, pénétrer jusqu'aux
os affaiblis, et éteindre ce dernier reste de vigueur. Il y eut un moment où cette impression
de peine, cette horreur indéfinissable, contre lesquelles sa raison combattait depuis quelque
temps, semblèrent tout à coup le surmonter. Il
était sur le point de perdre la tête; mais, effrayé

de sa terreur plus que de toute autre chose, il rappela au cœur ses anciens esprits, et leur ordonna de le conduire. Ainsi rassuré un moment, il s'arrêta pour délibérer. Il résolut de sortir aussitôt de ce bois fatal par le chemin qu'il avait déjà parcouru, d'aller droit au dernier village qu'il avait traversé, de retourner parmi les hommes, et d'y chercher un asyle même à l'hôtellerie. Comme il s'arrête, les feuilles cessent de crier sous ses pieds, tout se tait autour de lui; le vent apporte un bruit nouveau à son oreille. C'est un léger murmure, le murmure d'un eau qui court. Il écoute, il interroge l'air, il cherche à s'assurer si ce n'est point une erreur de ses sens, il s'écrie : « C'est l'Adda! » On eût dit qu'il retrouvait un ami, un frère, un sauveur. La fatigue s'évanouit, son pouls recommença à battre; il sentit le sang circuler libre et chaud dans toutes ses veines, il sentit ses pensées renaître plus calmes, plus confiantes, et se dissiper en grande partie ce trouble, cette vague inquiétude, ces craintes qui le dominaient. Il n'hésita pas à s'enfoncer toujours plus avant dans le bois, en se dirigeant vers ce bruit ami.

Il arriva bientôt à l'extrémité de la plaine, sur la lisière d'une large rive. En regardant à travers les broussailles qui la couvraient de toute part, il vit briller au loin l'eau qui courait. Il lève la tête, il découvre la vaste plaine de l'autre rive semée de villages; au-delà les collines, et sur l'une d'elles une large tache blanchâtre

dans laquelle il croit distinguer une ville, Bergame assurément. Il descend un peu sur le penchant, et, se faisant jour des mains et des bras à
travers les broussailles, il cherche à voir si quelque barque est en mouvement sur ce fleuve, il
écoute s'il n'entendra pas le bruit de rames qui
fendent l'eau; mais il ne voit, il n'entend rien.
Si c'avait été quelque chose de moins que l'Adda,
Renzo serait descendu alors pour tenter le gué;
mais il savait bien qu'avec l'Adda ce n'était pas
une chose fort sûre à faire.

Toutefois il se mit à délibérer très posément
en lui-même sur le parti à prendre. S'étendre
sur l'herbe et rester là à attendre l'aurore, peut-
être pour six heures qu'elle pouvait encore tar-
der à paraître, avec cette bise, avec cette gelée
blanche, sous cet habit léger, il y en avait plus
qu'il ne fallait pour transir. Se promener à
grands pas à droite, à gauche, en avant, en
arrière, pour se réchauffer pendant tous ce
temps, c'aurait été d'un faible secours contre la
rigueur du froid de la nuit; et c'était d'ailleurs
par trop exiger de ces pauvres jambes, qui
avaient déjà fait plus que leur devoir. Il se souvint à point nommé d'avoir vu dans un des
champs les plus voisins de la lande inculte un
cascinotto. C'est le nom que les paysans de la
plaine du Milanais donnent à des cabanes cou-
vertes de paille, construites avec des troncs et
des rameaux d'arbres, bâties et calfeutrées avec
de la boue, où ils ont l'habitude l'été de dépo-

ser les récoltes et de dormir la nuit pour les garder. Dans les autres saisons elles restent aban-
données. Il la choisit aussitôt pour son hôtellerie; il s'engagea de nouveau dans le sentier,
repassa le bois, les buissons, la lande; arrivé
dans les champs cultivés, il revit le *cascinotto*,
et il y alla. Une petite porte vermoulue et à
demi brisée était rabattue, sans clé ni cadenas,
sur le seuil: Renzo la tire à lui; il entre: il voit,
soutenue par des branches d'arbres et suspendue
en l'air, une claie en guise de hamac, mais il ne
se soucia pas d'y monter. Il vit un peu de paille
sur la terre, et il pensa que même là il pourrait
goûter les douceurs du sommeil.

Avant de se jeter sur le lit que la Providence
lui avait préparé, il s'agenouilla pour lui rendre
grâce de ce bienfait et de toute l'assistance qu'il
en avait reçue dans cette terrible journée. Il dit
ensuite ses prières accoutumées. Après les avoir
terminées, il demanda pardon au Seigneur d'a-
voir négligé de les dire le soir précédent, d'être
allé dormir comme un chien et pis encore, ce
sont ses expressions: « C'est pour cela, » ajouta-
t-il à part soi, en appuyant les mains sur la terre
qui lui servait de matelas, et en s'étendant de
tout son long, « c'est pour cela qu'au matin
« m'est échu ce beau réveil. » Il amoncela ensuite en un seul tas toute la paille qui était autour de lui, il en couvrit son corps, s'en fit du
mieux qu'il put une espèce de couverture contre
la rigueur du froid qui pénétrait dans la cabane,

et il se tapit dessous en ramassant ses membres,
avec l'intention de faire un bon somme, car il
lui semblait l'avoir acheté assez cher dans cette
journée.

A peine eut-il fermé l'œil, que dans sa mémoire ou dans son imagination (je ne saurais
pas indiquer le lieu précis) commencèrent à aller, venir, se presser, les images de tant de gens,
que ces distractions sans fin chassèrent loin de
lui toute idée de sommeil. Il revoyait le marchand, le notaire, les sbires, le fourbisseur,
l'hôte, Ferrer, le vicaire, la compagnie de l'hôtellerie, toute cette foule par les rues, puis don
Abbondio, puis don Rodrigo. De tant de gens
il n'y en avait aucun qui ne portât à Renzo un
souvenir d'aventure ou de douleurs.

Trois images seules lui apparaissaient exemptes
de tout souvenir amer, pures de tout soupçon, entièrement aimables, et deux surtout très dissem-
blables sans doute, mais étroitement liées l'une
à l'autre dans le cœur du jeune homme : c'était
une tresse de noirs cheveux et une barbe blanche.
Mais le plaisir que sa pensée goûtait à s'arrêter
sur ces images était bien loin d'être pur et tranquille. En se représentant le bon frère, il ressentait plus vivement la honte de ses escapades,
de sa honteuse intempérance, du peu de compte
qu'il avait tenu des conseils que celui-ci lui avait
donnés. Et en contemplant l'image de Lucia !
nous n'essaierons pas de dire ce qu'il sentit. Le
lecteur connaît les circonstances ; il l'imagine

aisément. Et cette pauvre Agnese! il n'oubliait
pas non plus cette Agnese qui l'avait choisi, qui
l'avait déjà considéré comme ne faisant plus
qu'un avec sa fille, et, avant de recevoir de lui
le nom de mère, en avait pris le langage, le
cœur, les manières, la tendre sollicitude. Mais
que la pauvre femme fût maintenant chassée de
chez elle, fugitive, incertaine de l'avenir; qu'elle
ne trouvât que des chagrins et des peines là où
elle avait espéré de trouver le repos et la joie de
ses dernières années, et que sa bienveillance,
ses généreuses intentions, en fussent la seule
cause : voilà ce qui était la plus forte, la plus
poignante des douleurs pour le cœur du jeune
homme. Quelle nuit, pauvre Renzo! et cette
nuit devait être la cinquième de ses noces.
Quelle chambre, quel lit nuptial! et après
quelle journée! et pour arriver à quel lendemain, à quelle suite de jours! « A la volonté de
Dieu, » répondit-il aux pensées qui l'assiégeaient
et le tourmentaient toujours de plus en plus, « à
« la volonté de Dieu. Il sait ce qu'il fait; il veille
« aussi sur nous. J'accepte tout en pénitence de
« mes péchés. Lucia est si bonne! le Seigneur
« ne la voudra pas faire souffrir si long-temps, si
« long-temps, si long-temps! »

Au milieu de ses rêveries, il désespérait toujours de gagner le sommeil. Le froid lui devenait insupportable. Il grelotait, ses dents cla-
quaient involontairement; il soupirait après la
venue du jour, et il mesurait avec impatience

le lent courir des heures. Je dis qu'il les mesurait, parce qu'à chaque demi-heure il entendait dans ce vaste silence retentir les sons d'une horloge. Je suppose que ce devait être celle de Trezzo. La première fois que ce bruit inattendu, ce bruit dont il ne pouvait deviner l'origine, vint frapper son oreille, il lui porta je ne sais quoi de mystérieux et de solennel, le sens d'un avertissement qui venait d'une personne invisible avec une voix inconnue.

Quand le marteau eut frappé onze coups * (c'était l'heure que Renzo avait fixée pour son lever), il se leva tout engourdi, étendit les jambes et les bras, secoua sa taille et ses épaules, comme pour joindre ensemble les membres, qui semblaient n'agir que chacun pour soi, souffla dans l'une, puis dans l'autre main, les frotta, et ouvrit la porte du *cascinotto*. Avant tout, il jeta un rapide regard autour de lui pour voir s'il n'y avait personne. Il chercha ensuite de l'œil le sentier qu'il avait parcouru le soir précédent, il le reconnut plus aisément qu'il ne l'espérait d'après les images confuses de la veille, et il se mit en route.

Le ciel annonçait une belle journée. La lune sur son déclin, pâle et sans rayons, brillait dans

* On comptait autrefois et dans certaines parties de l'Italie on compte encore par vingt-quatre heures. La première heure était celle qui précède la nuit ; en hiver le onzième coup correspond à peu près à quatre heures du matin.

le champ immense d'un ciel gris d'azur qui vers
l'orient allait en s'évanouissant légèrement dans
un jaune rosé. Plus loin, touchant l'horizon,
s'étendaient en longs flocons inégaux des nuages
plutôt azurés que bruns, dont les derniers étaient
bordés d'une bande de feu qui, de moment en
moment, devenait plus vive et plus tranchante.
Vers le midi, d'autres nuages amoncelés, légers
et souples, allaient en se teignant de mille couleurs sans nom. C'était bien là le ciel de Lom-
bardie, si beau quand il est beau, si brillant, si
calme. Si Renzo s'était trouvé là pour son plaisir, il se serait assurément arrêté pour contempler cette aube si différente de celle qu'il avait
coutume de voir dans ses montagnes ; mais il regardait la terre, et il allait en courant, autant
pour se réchauffer que pour arriver plus vite. Il
dépasse les champs, il dépasse les arbrisseaux, il
dépasse les broussailles ; il traverse le bois, en
regardant autour de lui, et en songeant avec une
espèce de pitié à la terreur qu'il y avait éprouvée quelques heures auparavant. Il parvient à la
naissance de la rive ; il regarde en bas : à travers
les broussailles il voit une petite barque de pêcheur, qui vient lentement contre le fil de l'eau,
en rasant le bord. Il descend aussitôt par le chemin le plus court, à travers les ronces ; il est sur
la rive ; il appelle à demi-voix le pêcheur, et, avec
l'intention d'avoir l'air de lui demander un service de peu d'importance, mais, sans s'en apercevoir, d'un air à demi suppliant, il lui fait signe

de s'approcher. Le pêcheur jette un regard le long
de la rive, regarde attentivement et fort loin
devant lui l'eau qui vient, se tourne pour regarder derrière au loin l'eau qui va, dirige ensuite
la proue vers Renzo, et aborde. Renzo, qui était
sur la dernière extrémité de la rive, presque
avec un pied dans l'eau, saisit la pointe de la
proue, et saute dans le bateau.

« Rendez-moi un service, en vous payant
« pourtant, dit-il. Je voudrais passer un moment
« sur l'autre bord. »

Le pêcheur l'avait deviné, et déjà il tournait
la proue de ce côté. Renzo aperçoit une autre
rame au fond de la barque ; il se baisse et s'en
saisit.

« Doucement, doucement ; » dit le patron.
Mais voyant ensuite avec quelle adresse le jeune
homme avait empoigné la rame, et se disposait
à la manier : « Ah ! ah ! » ajouta-t-il, « vous êtes
du métier.

« — Un tantinet, » répondit Renzo, et il se
mit à ramer avec une vigueur et une adresse qui
n'étaient pas celles d'un amateur. En voguant,
toujours à tour de bras, il jetait de temps en
temps un regard sombre sur la rive d'où il s'é-
loignait, et puis un regard inquiet sur celle où
il tendait. Il était au supplice d'être contraint
d'aller si lentement. Le courant était trop rapide
pour le couper en droite ligne ; la barque, partie en rompant, partie en suivant le fil de l'eau,
était obligée de faire un trajet diagonal. Dans

toutes les affaires un peu obscures et un peu em-
brouillées, les difficultés se présentent d'abord en
masse ; à l'exécution elles nous apparaissent en
détail et mille fois plus nombreuses. Renzo ,
maintenant que l'Adda était presque passée ,
éprouvait beaucoup d'inquiétude de ne pas savoir au juste si le fleuve servait, à ce passage, de
limite aux deux états, ou si, cet obstacle sur-
monté, il lui en resterait un autre à vaincre. Il
appela alors le pêcheur, qui se retourna vers lui ,
et, lui montrant de la tête cette tache blanchâtre
qu'il avait aperçue la nuit précédente, et qu
alors était bien plus distincte : « Est-ce Ber-
« game, dit-il, ce pays.

« — La ville de Bergame, » répondit le pêcheur.

« — Et cette rive est-elle bergamasque ?

« — Territoire de Saint-Marc.

« — Vive Saint-Marc! » s'écria Renzo. Le pêcheur ne dit rien.

Ils atteignent enfin cette rive tant désirée.
Renzo s'y précipite. Il rend grâce à Dieu du
fond de son cœur, puis il adresse de vive
voix ses remercîments au batelier. Il fouille
dans ses poches, il en tire une *berlinga*, et
la donne à ce brave homme. Vu les circonstances, ce n'était pas une petite générosité.
Celui-ci jeta encore un regard sur la rive mila-
naise et sur le fleuve dans toute sa longueur,
étendit la main, reçut le don qu'on lui faisait,
le mit dans sa poche, puis serra les lèvres et y
mit l'index en croix. Tout son air prit une ex-

pression vive, particulière et très significative.
« Bon voyage! » dit-il ensuite, et il s'en retourna.

Pour que l'obligeance si prompte et si discrète
de cet homme envers un étranger ne soit pas,
pour le lecteur, un trop grand sujet d'étonnement,
nous lui devons apprendre que cet homme, re-
quis souvent d'un semblable service par les con-
trebandiers et les bannis *, était habitué à le
rendre, moins pour l'amour du gain faible et
incertain qu'il en pouvait retirer, que pour ne
pas se faire d'ennemis dans ces deux classes de
gens. Il le prêtait, dis-je, toutes les fois qu'il
pouvait être sûr de n'être pas vu par les gabelous, les sbires, les espions. Ainsi, sans vouloir
beaucoup plus de bien aux uns qu'aux autres, il
cherchait à les satisfaire tous avec cette impar-
tialité à laquelle s'applique pour l'ordinaire celui
qui est obligé d'avoir affaire à certaines gens,
et sujet à rendre compte de ses actions à certaines
autres.

Renzo s'arrêta un moment sur la rive à contempler la rive opposée, cette terre qui, peu

---

* Ce mot s'est déjà présenté plusieurs fois. *Banni* ne
rend que très imparfaitement l'idée attachée au mot *bandito;* mais nous n'avons pas voulu conserver le mot italien,
de peur de surcharger notre traduction de mots étrangers. Au reste, il existe un équivalent en français : c'est le
mot *fuyard,* qui était en usage pendant la révolution.
Nous l'indiquons pour donner au lecteur une idée exacte du
mot *bandito.*

d'instants auparavant, brûlait sous ses pieds.
« Ah! m'en voilà dehors. » Telle fut sa première
pensée. « Reste là, maudit pays! » fut la seconde. Ce fut l'adieu à la patrie. Mais la troisième se porta vers ceux qu'il laissait dans ce
pays. Alors il croisa les bras sur sa poitrine,
poussa un soupir, baissa les yeux sur l'eau qui
courait à ses pieds: « Elle a passé sous le pont! »
pensa-t-il. C'est ainsi, selon l'usage de ses com-
patriotes, qu'il appelait par antonomase le pont
de Lecco. « Ah! monde infâme!.....Suffit. A la
« volonté de Dieu. »

Il détourna la vue de ces tristes objets, et se
mit en marche en prenant pour point de mire
la tache blanchâtre sur le penchant de la montagne, jusqu'à ce qu'il trouvât quelqu'un qui lui
pût enseigner sa route. Il fallait voir avec quel
air leste et dégagé il accostait les voyageurs. Il
n'hésitait plus; ses paroles n'étaient plus enve-
loppées; il prononçait hardiment le nom du
pays qu'habitait son cousin, pour en demander
la route. Au dire du premier passant qui la lui
indiqua, il comprit qu'il lui restait encore neuf
milles de chemin.

Ce voyage ne fut pas agréable. Sans parler
des chagrins qui accompagnaient Renzo, des
objets douloureux attristaient à chaque instant
sa vue. Il s'apercevait bien qu'il allait retrouver
dans le pays où il entrait la pénurie qu'il avait
laissée dans le sien. Tout le long de la route, et
plus encore dans la campagne et dans les ha-

meaux, il voyait des mendiants passer près de lui, mendiants et même quelque chose de plus, que la dureté des temps, et non l'habitude, avait réduits à cette extrémité. La misère se peignait encore plus sur leur visage que dans leur habit. C'étaient des paysans, des montagnards, des artisans, des familles entières. On entendait un murmure sourd et divers de supplications, de plaintes et de vagissements. Cette vue, outre la pitié douloureuse qui se réveillait dans son cœur, le mettait encore en souci de ses affaires.

« Qui sait, » se disait-il tout pensif, « si je « trouverai à faire mes affaires ? qui sait s'il y « aura du travail comme les années précéden- « tes ? Bortolo me voulait du bien ; c'est un bon « garçon ; il a gagné de l'argent ; il m'a invité « très souvent à venir : il ne m'abandonnera pas. « Et puis la Providence m'a secouru jusqu'ici ; « elle me secourra toujours. »

En attendant, la longueur de la route avait irrité son appétit, éveillé déjà depuis long-temps. Bien que Renzo sentît qu'il pourrait se soutenir aisément jusqu'au terme de son voyage, qui n'était déjà plus distant que de deux milles, cependant il fit réflexion que ce ne serait pas bien de tomber devant son cousin comme un mendiant affamé, et de lui dire pour premier compliment : « Donne-moi à manger. » Il tira de sa poche toute sa fortune, la fit courir avec le doigt sur sa main et en fit le compte. Pour faire ce compte, il ne fallait pas un arithméticien bien

habile. Il y avait pourtant de quoi faire un petit
festin, et au-delà. Il entra dans une hôtellerie
pour se restaurer, et quand il eut payé l'écot, il
lui resta encore quelques sous.

Comme il sortait, il vit près de la porte, et
même il y aurait donné du pied s'il n'y avait
pris garde, il vit, gisantes dans la rue, deux femmes, l'une déjà vieille, l'autre plus jeune, avec
un petit enfant qui, après avoir sucé en vain
l'une et l'autre mamelle, poussait des cris. Ils
étaient tous trois pâles comme la mort. Un
homme était debout près d'eux. Sur son visage
et dans ses membres on pouvait découvrir encore les traces d'une ancienne vigueur, domptée
et presque éteinte par un long jeûne. Tous trois
tendirent la main vers Renzo, qui sortait, la dé-
marche fière et l'air ragaillardi. Aucun ne
parla : que pouvait dire de plus une prière ?

« Voilà la Providence ! » dit Renzo. Et fouil-
lant à la hâte dans sa poche, il la débarrassa de
ces quelques sous, les mit dans la main qui était
la plus voisine, et reprit sa route.

Ce léger repas et cette bonne œuvre (car nous
somme composés d'une âme et d'un corps) avaient
rafraîchi et égayé toutes ses pensées. Après s'être
ainsi dépouillé de ses derniers liards, il prit plus
de confiance en l'avenir que s'il lui était arrivé
d'en trouver dix fois autant. Si, pour soutenir en
ce jour ces malheureux, la Providence a tenu
en réserve les derniers liards d'un étranger fugitif, loin de sa maison, incertain aussi des

moyens qu'il emploiera pour vivre, comment croire qu'elle voudra laisser ensuite dans l'embarras celui dont elle s'est servi en cette occurrence, et à qui elle a donné un sentiment de pitié si vif, si efficace, si généreux? Telles étaient là-dessus les idées du jeune homme, moins claires toutefois que je ne les ai su retracer. En repassant dans son esprit les circonstances et les événements qui lui avaient paru les plus obscurs et les plus embarrassés, tout lui semblait devenu facile. La cherté et la misère devaient enfin finir. Toutes les années on moissonne. En attendant, il avait le cousin Bortolo et sa propre industrie; il avait en outre chez lui de petites épargnes qu'il se ferait bientôt envoyer. Avec cela, en mettant les choses au pis, il aurait de quoi vivre, en ménageant, jusqu'au bon temps. « Voici enfin le bon temps revenu, » poursuivait Renzo dans son imagination. « La fureur des tra- « vaux renaît; les maîtres se mettent en quatre « pour avoir des ouvriers milanais, qui sont ceux « qui savent bien le métier; les ouvriers mila- « nais portent la tête haute : qui veut des « gens habiles les doit payer. On gagne de quoi « vivre et de quoi économiser un peu. On ar- « range comme il faut une petite maison, et « l'on fait écrire à ces dames de venir.... Et « pourquoi tant attendre? N'est-il pas vrai qu'a- « vec ces petites épargnes nous aurions vécu là- « bas tout l'hiver? Nous vivrons ici tout de « même. Il y a des curés partout. Qu'elles vien-

« nent ces deux chères femmes : nous ferons
« maison ici. Quel plaisir de nous venir prome-
« ner tous ensemble sur cette même route ! d'al-
« ler jusqu'à l'Adda en chariot, et de faire un
« petit repas sur la rive, même sur la rive ; de
« montrer aux dames le lieu où je me suis em-
« barqué, les bois par où j'ai passé, la place où
« je me suis mis à regarder s'il y avait un ba-
« teau. »

Il arriva enfin au pays du cousin. A l'entrée,
et même avant d'y mettre le pied, il avisa une
maison très haute, garnie de longues et nombreuses fenêtres, beaucoup plus rapprochées
l'une de l'autre que ne le comporte une division
par étages. Il reconnut une filature, entra, demanda à haute voix, entre le bruit des roues et
de l'eau qui tombait, si c'était là que demeurait
Bortolo Castagneri.

« Monsieur Bortolo ! le voilà.

« Monsieur ! c'est bon signe, » pensa Renzo.
Il aperçoit le cousin, et court à lui. Celui-ci
se retourne, reconnaît le jeune homme, qui lui
dit : « Me voilà, moi. » Il jette un *Oh !* de surprise, il lève les bras, et se jette à son cou. Il
tire ensuite notre jeune homme dans une autre
pièce, loin du bruit des machines et des regards
des curieux, et lui dit : « Je te vois avec plaisir ;
« mais tu es un drôle de garçon. Je t'avais invité
« je ne sais combien de fois à venir, tu avais
« toujours refusé, et tu arrives maintenant dans
« un fort mauvais moment.

« — Que veux-tu que je te dise ? Je ne suis pas
« venu de mon plein gré, » dit Renzo. Et aussi
succinctement que possible, mais non sans beaucoup d'émotion, il lui raconta sa douloureuse
histoire.

« — C'est une autre paire de manches, dit
« Bortolo. Oh! pauvre Renzo! Mais tu as compté
« sur moi, et je ne t'abandonnerai pas. A vrai
« dire, on ne court pas maintenant après les ou-
« vriers; même c'est à peine, à peine si chacun
« garde les siens pour ne les pas perdre et pour ne
« pas interrompre son commerce. Mais le patron
« me veut du bien, et il a de l'argent. Il me le doit,
« il est vrai, en grande partie, sans me van-
« ter. Il a mis son capital, et moi mon peu de
« talent. Je suis le premier ouvrier, le sais-tu?
« Et puis, s'il te le faut dire, je suis le *factotum*.
« Pauvre Lucia Mondella! je me la rappelle
« comme si c'était hier. Une excellente fille!
« toujours la plus modeste à l'église; et quand
« on passait devant sa maisonnette.... Je la vois
« encore, cette maisonnette, hors du village,
« avec un beau figuier qui dépassait le mur......

« — Non, non, n'en parlons pas.

« — Je veux dire que, lorsqu'on passait devant
« cette maisonnette, on entendait toujours ce dé-
« vidoir qui allait, qui allait. Et ce don Rodrigo!
« déjà de mon temps il était sur la voie. Mais
« maintenant, à ce que je vois, il fait tout-à-fait
« le diable, jusqu'à ce que Dieu lui lâche la
« bride. Ainsi donc, comme je te le disais, on

« souffre aussi un peu de la famine ici.... Et à
« propos, comment es-tu du côté de l'appétit ?

« — J'ai mangé en route il y a peu de temps.

« — Et pour l'argent, comment sommes-nous? »
Renzo ouvrit une de ses mains, et l'approchant de la bouche, il souffla légèrement dessus.

« Cela ne fait rien, dit Bortolo : j'en ai, moi.
« Prends courage : bientôt les choses changeront,
« s'il plaît à Dieu. Tu me le rendras et tu en
« mettras même de côté.

« — J'ai quelques petites épargnes à la mai-
« son : je me les ferai envoyer.

« — Cela va bien. En attendant, fais fonds
« sur moi. Dieu m'a donné du bien pour que
« je fasse du bien. Si je n'en fais pas à mes pa-
« rents et à mes amis, à qui en ferai-je ?

« — J'ai bien dit que tu serais ma providen-
« ce ! » s'écria Renzo en serrant affectueusement
la main du bon cousin.

« — Ainsi donc, reprit celui-ci, il ont fait
« tout ce fracas à Milan ! Ces gens-là me sem-
« blent quelque peu fous. Le bruit en avait déjà
« couru ici ; mais tu me raconteras la chose en
« détail. Nous avons de quoi discourir tous deux,
« j'espère ! Ici pourtant, vois-tu bien, cela va
« un peu mieux, et l'on fait les choses avec
« un peu plus de jugement. La ville a acheté
« deux mille *some* * de blé d'un marchand qui

_____

* *Soma*, charge. Cette mesure est connue sous le même
nom dans l'extrême midi de la France.

« reste à Venise. C'est du blé qui vient de Tur-
« quie; mais quand il s'agit de manger, on n'y
« regarde pas de si près. Vois maintenant ce
« qu'il arrive ! Il arrive que les recteurs de Vé-
« rone et de Bresse ferment les passages, et disent :
« Le blé ne passe pas par ici. » Que font alors
« les Bergamasques ! Ils expédient à Venise un
« homme qui sait parler. Cet homme est parti
« en toute hâte, s'est présenté au doge, et a dit :
« Qu'est-ce donc que cette mauvaise plaisan-
« terie? C'est un discours, mais un discours !
« un discours, dit-on, à faire imprimer. Ce que
« c'est que d'avoir un homme qui sait parler!
« Aussitôt on expédie un ordre de laisser passer
« le blé. Il faut non seulement que les recteurs
« le laissent passer, mais encore qu'ils le fassent
« escorter, et il est en route. On a pensé aussi
« à la campagne. Un autre brave homme a fait
« entendre au sénat que le monde, ici, du de-
« hors, avait faim, et le sénat a accordé quatre
« mille *staia* * de millet. Cela aide aussi à
« faire le pain. Et puis, faut-il que je te le dise?
« s'il n'y a pas de pain, nous mangerons de la
« viande. Le bon Dieu m'a donné du bien,
« comme je te dis. Maintenant je te vais conduire
« vers mon patron. Je lui ai souvent parlé de
« toi. Il te fera bonne mine. C'est un Bergamas-
« que de la vieille roche, un cœur excellent. A

* Boisseaux.

« la vérité, il ne t'attendait pas maintenant;
« mais quand il saura l'histoire.... Et puis, il
« sait aussi faire cas des ouvriers, parce que la
« disette passe; et le commerce dure. Mais avant
« tout il faut que je te donne avis d'une chose.
« Sais-tu comment on nous appelle dans ce pays,
« nous autres de l'état de Milan?

« — Comment nous appelle-t-on?

« — On nous appelle *baggiani* *.

« — Ce n'est pas du tout un beau nom.

« — Qu'importe! Celui qui est né sur le ter-
« ritoire de Milan et veut vivre sur celui de
« Bergame doit prendre doucement la chose.
« Pour ces gens-ci, donner du *baggiano* à un
« Milanais, c'est comme donner de l'illustris-
« sime à un chevalier.

« — Ils le disent, j'imagine, à qui se le veut
« laisser dire.

« — Mon garçon, si tu n'es pas disposé à ava-
« ler du *baggiano* tout ton saoul, compte bien
« que tu ne pourras pas vivre ici. Il faudrait
« avoir toujours le couteau à la main. Et
« quand (c'est une supposition) quand tu en au-
« rais tué deux, trois, quatre, viendrait ensuite
« celui qui te tuerait; et alors quel beau plaisir

---

* *Baggiano*, lourdaud, niais. C'est un mot emprunté
à la langue romane. En roman, *baggiano* signifie au propre une salade de haricots; au figuré il a la même significa-
tion qu'en italien.

« .de comparaître au tribunal de Dieu avec trois
« ou quatre homicides sur le corps!

« — Et un Milanais qui aurait un peu de.... »
Ici il frappa son front avec son doigt, comme il
avait fait dans l'auberge de la Pleine-Lune.
« Je veux dire un Milanais qui saurait bien son
« métier.

« — C'est tout un. Ici c'est aussi un baggiano.
« Sais-tu comment s'exprime mon patron quand
« il parle de moi avec ses amis? « Ce baggiano
« m'a été envoyé par le Ciel pour mon com-
« merce. Si je n'avais pas ce baggiano, je serais
« bien embarrassé. » C'est l'usage.

« — C'est un sot usage, et surtout quand on
« sait ce que nous savons faire. Après tout, qui
« a porté cet art ici, qui le fait aller? C'est
« nous. Est-il possible que cela ne les ait pas cor-
« rigés?

« — Jusqu'ici non. Avec le temps cela pourra
« venir. Les enfants changeront peut-être; mais
« pour les hommes faits il n'y a pas de remède.
« Ils ont pris cette habitude, ils la garderont.
« Qu'est-ce, au bout du compte? Ce que t'ont
« fait et ce que te voulaient faire nos compatrio-
« tes, c'est bien autre chose.

« — Au fait, c'est juste. S'il n'y a pas d'autre
« mal....

« — Maintenant que tu en es convaincu,
« tout ira bien. Allons chez le patron. Bon cou-
« rage. »

En effet, tout alla bien; les promesses de Bortolo se réalisèrent. Ce fut vraiment une providence, car nous allons voir combien Renzo devait faire peu de fonds sur les épargnes qu'il avait laissées chez lui.

CHAPITRE XVIII.

Ce même jour 13 novembre, il arriva un courrier extraordinaire au seigneur podestat de Lecco. Le courrier lui remit une dépêche du seigneur capitaine de justice, contenant l'ordre de faire toutes les recherches possibles et les plus opportunes pour découvrir si un certain jeune homme nommé Lorenzo Tramaglino, fileur de soie, échappé des mains *prædicti egregii domini capitanei* (1), ne serait pas retourné *palam vel clam* (2) à son village, *ignotum* (5) précisément lequel, *verum in territorio Leuci* (4).

Quod si compertum fuerit sic esse (5), que le seigneur podestat fasse tous ses efforts, *quanta maxima diligentia fieri poterit* (6), de lui mettre la main dessus ; et après l'avoir fait bien garotter,

(1) Du susdit illustre seigneur capitaine.
(2) Publiquement ou secrètement.
(3) Inconnu.
(4) Mais dans le territoire de Lecco.
(5) Que si l'on découvre qu'il en est ainsi.
(6) Avec la plus grande diligence que faire se pourra.

videlicet avec de bonnes menottes, il le fasse conduire en prison, et l'y retienne sous bonne et sûre garde, pour le remettre aux mains de ceux qui seront commis pour le recevoir. Au cas qu'il soit ou non retourné dans sa maison, *accedatis ad domum prædicti Laurenti Tramaglini, et, facta diligentia debita, quidquid ad rem repertum fuerit auferatis ; et informationes de illius prava qualitate, vita et complicibus sumatis* (1); et sur tout ce qui aura été dit et fait, trouvé et non trouvé, pris et laissé, *diligenter referatis* (2).

Le seigneur podestat, après s'être assuré par tous les moyens humains que le sujet n'était pas retourné dans le pays, mande auprès de lui le consul du village. Suivi par cet homme, il se porte à la maison indiquée, suivi par le notaire et un grand nombre de *sbires*. La maison est fermée ; celui qui en a les clés n'y est pas, ou ne se laisse pas trouver. On force les serrures ; on fait les diligences accoutumées, c'est-à-dire qu'on procède comme dans une ville prise d'assaut. Le bruit de cette expédition court aussitôt dans tous les environs, et parvient aux oreilles du père Cristoforo. Le bon religieux s'étonne et s'afflige ; il interroge le tiers et le quart pour avoir quelque

---

* Rendez-vous à la maison dudit Laurent Tramaglino, et ayant fait toutes les diligences de droit, emportez tout ce que vous y trouverez pour la chose ; prenez des informations sur ses méchantes habitudes, sa vie et ses complices.

** Faites promptement votre rapport.

lumière sur un événement si inattendu ; mais il n'en tire que de vagues conjectures et des bruits contradictoires , et il écrit aussitôt au père Bona-ventura , de qui il espère recevoir des éclaircis-sements plus précis. Cependant les parents et les amis de Renzo sont cités pour déposer sur ce qu'ils peuvent savoir de sa *prava qualitate.* Avoir nom Tramaglino est un malheur , une honte, un cri-me ; le village est sens dessus dessous. Peu à peu l'on parvient à savoir que Renzo s'est sauvé des mains de la justice , au beau milieu de Milan, et puis a disparu. On dit vaguement qu'il a fait quel-que chose d'énorme , mais on ne peut pas dire la chose , ou on la dit de cent manières. Plus le crime est grand , moins on y ajoute foi dans le pays, car Renzo est connu pour un jeune homme de bien. Le plus grand nombre pense et va disant aux oreilles du voisin que c'est une machination de ce *prepotente* de don Rodrigo pour perdre son rival. Tant il est vrai qu'à juger par induction et sans la connaissance des faits , connaissance indispensable , on s'expose quelquefois à faire tort même aux malhonnêtes gens.

Mais nous qui avons les faits sous la main , comme on a coutume de le dire , nous pouvons affirmer que, si cet homme n'avait eu aucune part à l'infortune de Renzo, il en ressentit autant de plaisir que si c'avait été son ouvrage , et il s'en réjouit avec ses affidés, surtout avec le comte Attilio. Celui-ci aurait dû , selon son premier dessein , se trouver déjà à Milan ; mais à la nouvelle de la fermentation qui y régnait, et de la canaille qui y était en pleine révolte, plus disposée à donner des coups qu'à en recevoir, il avait cru prudent de se tenir à l'écart jusqu'à meilleur avis. Comme il avait offensé beaucoup de monde, il avait quelque raison de craindre que, parmi tant de gens qui ne restaient tranquilles que par impuissance, quelqu'un ne vînt à se trouver à qui les circonstances donnassent du courage, et qui jugeât le moment propice pour se constituer le vengeur de tous. Cette crainte ne fut pas de longue durée. L'ordre venu de Milan de poursuivre Renzo indiquait déjà que les choses avaient repris leur marche accoutumée : les renseignements positifs qui arrivèrent presque en même temps en donnèrent la certitude. Le comte Attilio partit aussitôt ; il exhorta son cousin à persister dans son entreprise , à surmonter tous les obstacles, et il lui promit que de son côté il s'occuperait bientôt de le débarrasser du frère. Attilio était à peine parti que Griso arriva sain et sauf de Monza , et il rapporta à son seigneur ce qu'il avait pu recueillir. Il lui dit que Lucia avait été reçue à tel convent sous la protection d'une telle *signora* ; qu'elle y vivait en récluse , comme si elle était religieuse; qu'elle ne mettait jamais le pied dehors , et qu'elle assistait aux cérémonies de l'église derrière une petite fenêtre grillée , circonstance qui déplaisait à beaucoup de gens , car on avait ouï parler de certaines aventures , on avait ouï faire un grand

loge de sa figure., et on n'aurait pas été fâché
de voir si l'éloge était mérité.

Ce rapport aurait mis le diable au corps de don
odrigo, s'il ne l'avait déjà eu. Tant de circon-
tances favorables à son dessein enflammaient
ce mélange de pique, de rage et d'infâme désir
qu'il prenait pour une passion. Renzo est absent,
xpulsé, banni ; tout devient permis contre lui ;
sa fiancée elle-même pouvait être, en quelque
sorte, considérée comme le bien d'un rebelle. Le
eul homme qui la voudrait et la pourrait prendre
sous sa protection, et faire un bruit à être entendu de fort loin, l'enragé de frère sera probablement bientôt hors d'état de nuire ; et voilà
qu'un nouvel obstacle, non seulement contreba-
lance ces facilités nouvelles, mais les rend même
entièrement inutiles ! Un monastère de Monza,
quand bien même il ne s'y serait pas trouvé une
signora, était une puissance trop forte pour que
don Rodrigo osât s'y jouer. Il avait beau rôder
en imagination autour de cet asyle, il ne pouvait
inventer aucun moyen de le violer, ni par la
force ni par la ruse. Il fut presque sur le point
de renoncer à son entreprise ; il fut sur le point
de se résoudre à aller à Milan, en prenant un
détour, afin de ne point passer par Monza. Arrivé
à Milan, il s'oubliera avec ses amis ; il se jettera
dans le tourbillon des plaisirs, pour chasser, par
des pensées toutes joyeuses une pensée devenue
toujours plus tourmentante. Mais, mais, mais, les
amis ! Il faut aller un peu doucement avec ces

amis. Au lieu d'une distraction, ne trouvera-t-il pas dans cette société un nouvel aliment à sa douleur ? Attilio aura assurément déjà pris la trompette ; de toute part il s'entendra demander des nouvelles de la montagnarde ; il faudra répondre. Il a désiré, il a tenté, qu'a-t-il obtenu ? Un obstacle s'est élevé, un obstacle un peu ignoble, à vrai dire ; mais on ne peut pas toujour vaincre ses caprices ; le grand point, c'est de les sa tisfaire ; et comment s'est-il tiré de cet embar ras ? Comment ? humilié par un manant et pai un capucin. Quelle honte !... Et quand un heu reux hasard, quand un hasard inattendu l'a dé livré de l'un, quand un habile ami l'a débarrass de l'autre, sans qu'il ait pris, lui, la moindr peine, il n'a pas su, le sot qu'il est, tirer part de la circonstance ; il renonce lâchement à son en treprise ! il y a de quoi ne jamais oser lever la têt parmi les gens bien nés, ou bien avoir à chaque in stant la main sur la garde de l'épée. Et puis com ment retourner, ou comment rester dans ce châ teau, dans ce pays ? S'efforcera-t-il de vaincr les souvenirs si amers et si poignants de sa passion et se résignera-t-il à la honte d'un coup manqué La haine qu'on lui porte vient de s'accroître ; l renommée de sa puissance vient de déchoir. Sur le visage du dernier vaurien, au milieu même des salutations, il pourra lire une amère ironie ! Que résoudre ? que faire ? Ira-t-il en avant ; reculera-t-il ? Il ne savait quel parti prendre Un moyen se présentait à son esprit, qui aurai

pu faire réussir son entreprise : c'était d'appeler à
son aide un homme dont la puissance immense, infinie, s'étendait fort au loin; un homme
pour qui la difficulté de l'entreprise était précisément un aiguillon de plus. Mais ce parti avait
pourtant ses inconvénients et ses dangers ; ils
étaient d'autant plus graves qu'on pouvait moins
en calculer les suites. Personne n'aurait pu prévoir jusqu'où pourrait aller l'affaire, une fois
qu'il se serait embarqué avec cet homme, auxiliaire assurément puissant, mais guide non moins
absolu que dangereux.

De telles pensées tinrent pendant plusieurs
jours don Rodrigo dans une mortelle irrésolu-
tion. Il reçut toutefois une lettre de son cousin,
qui lui donnait avis que l'intrigue était en bon
chemin. Après l'éclair éclata la foudre. Un beau
matin on entendit dire que le père Cristoforo
était parti du couvent de Pescarenico. Ce succès
si complet et si prompt, la lettre d'Attilio, qui
l'animait par ses exhortations et le menaçait de
grandes plaisanteries, le firent incliner vers le
parti hasardeux. Ce qui acheva de le détermi-
ner, ce fut l'avis inattendu qu'Agnese était re-
tournée chez elle : c'était un obstacle de moins.
Rendons compte de ces deux événements en commençant par le dernier.

Nos deux pauvres femmes étaient à peine en-
trées dans leur asyle, que la nouvelle de la terrible émeute de Milan se répandit dans Monza
et pénétra dans le couvent. A cette nouvelle se

joignirent mille détails qui grossissaient et qui
variaient à chaque instant. L'économe, placée
précisément entre le couvent et la rue, avait
les nouvelles de dedans et du dehors; elles les
recevait à pleines oreilles, et en faisait part à
ses hôtes. « On en a mis en prison deux, sept,
« huit, quatre, sept; on les a pris, les uns de-
« vant le four des Béquilles, les autres dans le
« quartier habité par le vicaire de la Provision...
« Ehi, ehi! écoutez celle-ci! Il s'en est échappé
« un qui était de Lecco, ou de ce côté. Je ne
« sais pas son nom; mais quelqu'un viendra qui
« me le saura dire. Nous verrons si vous le con-
« naissez. »

Cette nouvelle, jointe à la circonstance que
Renzo avait dû arriver à Milan précisément dans
ce jour fatal, donna quelque inquiétude aux
deux femmes, et surtout à Lucia. Mais que fut-
ce, hélas! quand l'économe leur vint dire :
« Celui qui s'est enfui pour ne pas être compro-
« mis est précisément de votre village : c'est un
« fileur de soie qui se nomme Tramaglino. Le
« connaissez-vous ? »

Lucia était assise; elle ourlait je ne sais quelle
toile : le travail s'échappa de ses mains. Elle
pâlit et changea tellement de visage que l'économe s'en serait aperçue si elle avait été plus près
d'elle. Mais elle était debout sur le seuil avec
Agnese. Celle-ci, troublée aussi, mais un peu
moins que sa fille, put se rendre maîtresse de
son visage. Elle s'efforça de répondre que dans

n petit village tout le monde se connaissait;
ais qu'elle avait peine à croire qu'une telle
chose fût arrivée à Tramaglino, parce que c'é-
tait un jeune homme tranquille. Elle demanda
nsuite s'il s'était vraiment échappé, et en quel lieu.

« Pour échappé, il l'est, car tout le monde
« le dit; mais où, c'est ce qu'on ignore. Il peut
« se faire qu'on le reprenne, il peut se faire qu'il
« soit en sûreté; mais si votre jeune homme si
« tranquille tombe dans les filets.... »

Là fort heureusement l'économe fut appelée
et partit. Je vous laisse à penser dans quelle situation se trouvaient la mère et la fille! La
auvre femme et Lucia désolées restèrent plus
d'un jour dans cette cruelle incertitude à rechercher, à imaginer les causes, les détails, les
suites probables de ce douloureux événement; à
commenter, chacune à part soi, ou à voix basse
entre elles, autant qu'elles pouvaient, ces ter-
ribles paroles.

Enfin un jeudi un homme vint au couvent
demander Agnese. C'était un marchand de poisson de Pescarenico, qui allait à Milan selon son
habitude pour vendre sa marchandise. Le bon
Cristoforo l'avait prié, puisqu'il passait par
Monza, de pousser jusqu'au couvent, de saluer
ces dames en son nom, de leur raconter ce qu'il
savait de la triste aventure de Renzo, de les ex-
horter à prendre patience et à se confier en
Dieu. Quant à lui, pauvre frère, il ne les ou-
blie certainement pas, et il saisirait, il ferait

naître toutes les occasions possibles de les secourir, et en attendant il ne manquerait pas chaque
semaine de leur faire parvenir les nouvelles qu'il
aurait apprises par ce moyen ou par autre semblable. Le messager ne put rien leur faire savoir
de nouveau sur Renzo, si ce n'est les perquisi-
tions dans sa maison, et les recherches qu'on
avait faites pour le saisir; mais il leur apprit en
même temps que tout avait été vain, et qu'on
tenait pour sûr qu'il s'était réfugié à Bergame.
Une telle certitude (qu'est-il besoin de le dire!)
fut un grand baume à la douleur de Lucia. Depuis ce jour ses larmes coulèrent plus faciles et
plus douces, elle éprouva un plus grand confort
dans les soulagements secrets avec sa mère, et
des actions de grâces se mêlèrent à toutes ses
prières.

Gertrude la faisait venir souvent dans son
parloir particulier. Elle l'entretenait longuement; elle trouvait du charme à l'ingénuité et
à la douceur de la pauvrette; elle se plaisait à
s'entendre rendre grâce et bénir à chaque instant. Elle lui racontait aussi en confidence une
partie de son histoire, la partie qu'elle pouvait
avouer; elle lui disait tout ce qu'elle avait souffert pour être contrainte de venir souffrir au
couvent, et ce premier étonnement soupçonneux de Lucia se changeait insensiblement en
pitié. Elle trouvait dans cette histoire des raisons plus que suffisantes pour expliquer ce qu'il
y avait d'un peu étrange dans les manières de sa

ienfaitrice. Cette manière de les expliquer lui semblait plus satisfaisante que la doctrine d'A- gnese sur les cerveaux des *signori*. Toutefois,

ien qu'elle se sentît portée à payer de retour la confiance que lui témoignait Gertrude, elle se garda bien de lui parler de ses nouvelles ter- reurs, de ses nouvelles infortunes, de lui dire ce qu'était pour elle ce fileur de soie qui avait pris la fuite, pour ne pas se hasarder à répandre un bruit si plein de douleurs et de scandale. Elle se défendait aussi de tout son pouvoir de répondre aux curieuses enquêtes de la *signora* sur cette partie de son histoire qui avait précédé la promesse de mariage; mais ici ce n'était point par raison de prudence. Cette histoire parais- sait à la pauvre innocente plus épineuse, plus difficile à raconter que toutes celles qu'elle avait entendues et qu'elle croyait pouvoir en- tendre de la *signora*. Dans celle-ci il y avait des oppressions, des piéges, des souffrances, des choses pénibles et dégoûtantes, mais qu'on pou- vait pourtant nommer. Dans la sienne un sen- timent était mêlé partout; à chaque instant il lui aurait fallu prononcer un mot qui ne pou- vait pas s'échapper de sa bouche, un mot au- quel elle n'aurait jamais trouvé à substituer de périphrase qui ne lui semblât contraire à la pu- deur : l'amour.

Parfois Gertrude était tentée de se fâcher de ces refus; mais il y perçait tant de tendresse, tant de respect, tant de reconnaissance, et

même tant de confiance! Quelquefois peut-êtr
cette pudeur si tendre, si délicate, si suscep
tible, lui déplaisait plus encore pour un autr
motif; mais tout se perdait dans la suavité d'un
pensée qui lui revenait à chaque instant en con
templant Lucia : « Je lui fais du bien. » Et c'étai
vrai : car, outre l'asyle qu'elle lui donnait, ce
entretiens, ces caresses familières rassuraient l'es
prit timide de Lucia. Elle trouvait un autre sou
lagement dans un travail assidu; elle priait toujours qu'on lui donnât quelque chose à faire; mê
me au parloir elle portait toujours quelque ouvrage, pour tenir ses mains en exercice. Mai
comme les pensées douloureuses se fixent par
tout! En cousant, en cousant sans cesse, métie
dont elle s'était jusque alors peu occupée, soi
dévidoir lui revenait à chaque instant en tête
et derrière ce dévidoir que de choses!

Le second jeudi, revint ce même messager
ou peut-être un autre, avec les saluts et les en
couragements du père Cristoforo, et avec un
nouvelle confirmation de la fuite de Renzo. De
nouvelles plus positives sur sa mésaventure,
aucune. Ainsi que nous l'avons dit au lecteur, le
capucin avait espéré qu'il en recevrait de son
confrère de Milan à qui il l'avait recommandé,
et celui-ci répondit qu'il n'avait vu ni lettre ni
personne; qu'un homme du dehors était bien venu
le demander au couvent; mais que, ne l'ayant
pas trouvé, il s'en était allé et n'avait plus reparu.

Le troisième jeudi, point de messager. Ce re-

tard fit naître dans l'esprit de nos deux femmes
mille soupçons inquiétants ; elles ne savaient sur
quoi arrêter leur pensée. Déjà, avant ce contre-
temps, Agnèse avait conçu l'idée de faire un tour
à sa maison : l'absence du messager promis la dé-
cida. Il semblait d'abord très étrange à Lucia
de se séparer de sa mère ; mais le désir d'apprendre quelque chose, et la sûreté qu'elle trouvait
dans cet asyle sacré, vainquirent ses répugnances.
Il fut décidé entre elles qu'Agnèse irait, le jour
suivant, attendre sur le chemin le marchand de
poisson qui devait passer par là en retournant
de Milan, et qu'elle lui demanderait poliment
une place sur sa petite charrette pourse faire conduire à ses montagnes. Elle le trouva en effet ;
elle lui demanda si le père Cristoforo ne lui avait
pas donné de commission pour elle. Le marchand
de poisson avait été, tout le jour qui avait précédé son départ, occupé à pêcher, et il n'avait
eu ni *nouvelle* ni *ambassade* du père. Agnèse
le pria de ce service, et elle l'obtint sans peine.
Elle prit congé de la *signora* et de sa fille, non
sans verser des larmes, en promettant d'envoyer
bientôt de ses nouvelles, et de revenir aussitôt ; et elle partit.

Le voyage se fit sans accidents. Ils reposèrent
une partie de la nuit dans une auberge sur la
route, selon l'usage; ils se remirent en chemin
avant le jour, et ils arrivèrent de grand matin
à Pescarenico. Agnèse monta sur la petite place
du couvent, et quitta son conducteur, en l'ac-

cablant de remercîments. Comme elle se trouvait
sur les lieux, elle voulut, avant d'aller au logis,
voir le bon frère, son bienfaiteur. On tira le cordon de la sonnette : ce fut le frère Galdino qui
lui vint ouvrir, celui de la quête des noix.

« — Oh ! madame ! quel bon vent vous amè-
« ne ?...

« — Je viens voir le père Cristoforo.

« — Le père Cristoforo ? il n'y est pas.

« — Oh ! tardera-t-il beaucoup ?

« — Mais.....! » dit le frère en haussant les épaules, et en enfonçant sa tête rase dans son ca-
puchon.

« — Où est-il allé ?

« — A Rimini.

« — A.....?

« — A Rimini.

« — Où est cet endroit ?

« — Eh ! eh ! eh ! » répondit le frère, en allon-
geant le bras pour signifier une grande distance.

« — Malheur à moi ! Mais pourquoi s'en est-il
« allé ainsi à l'improviste ?

« — Parce que le père provincial l'a voulu ainsi :

« — Et pourquoi donc l'a-t-on envoyé loin du
« pays, lui qui y faisait tant de bien ? Oh ! mal-
« heureuse que je suis !

« — Si les supérieurs étaient obligés de rendre
« raison des ordres qu'ils donnent, où serait l'o-
« béissance, ma bonne dame ?

« — Mais c'est ma perte.

« — Savez-vous ce que ce sera ? On aura en be-

« soin à Rimini d'un bon prédicateur. (Nous en
« avons partout, mais quelquefois on a besoin pré-
« cisément d'un homme fait exprès.) Le père pro-
« vincial de là-bas aura écrit au père provincial
« d'ici pour savoir s'il aurait un sujet de telle et
« telle manière ; et le père provincial aura dit : Il
« n'y a que le père Cristoforo qui puisse convenir
« ici.

« — Oh ! malheureuses que nous sommes ! Quand
« est-il parti ?

« — Avant-hier.

« — Voilà ! si j'avais écouté mon inspiration
« de venir ici quelques jours plus tôt ! Et l'on ne sait
« pas quand il pourra revenir ? à un jour près ?

« — Eh ! ma chère dame ! le père provincial
« le sait, si pourtant il le sait. Quand un de nos
« pères prédicateurs a pris son vol, on ne peut
« plus savoir sur quelle branche il ira se poser.
« On le demande ici, on le demande là ; et nous
« avons des couvents dans les quatre parties du
« monde. Comptez bien que le père Cristoforo
« fera un grand bruit à Rimini avec son carême,
« parce qu'il ne prêche pas toujours d'abondance,
« comme il le faisait ici pour l'usage des villa-
« geois. Pour les élégants de la ville, il a ses
« beaux sermons écrits : c'est la fleur de la chose.
« La renommée de ce grand prédicateur vole de
« tous côtés, et l'on le peut demander de... de
« que sais-je moi ? Et alors il le faut donner, parce
« que nous vivons de la charité de tout le monde,
« et il est juste que nous servions tout le monde.

« —Oh! misère! misère! » s'écria de nouveau Agnese, presque en pleurant. « Comment ferai-« je sans cet homme? Il nous servait de père: « pour nous c'est une ruine.

« —Ecoutez, madame, le père Cristoforo était « vraiment un homme; mais nous en avons d'au-« tres, le savez-vous? pleins de charité et d'ha-« bileté, et qui savent vivre également avec les « *signori* et avec les pauvres. Voulez-vous le père « Atanasio? Voulez-vous le père Girolamo? vou-« lez-vous le père Zaccaria? C'est un homme de « mérite, voyez-vous, que le père Zaccaria. Et ne « soyez pas à vous étonner, comme font certains « ignorants, qu'il soit si fluet, avec une voix grê-« le et une pauvre petite barbe, toute petite. Je « ne dis pas que ce soit un prédicateur, parce « que chacun a son talent; mais pour donner un « conseil, c'est un homme, savez-vous?

« —Oh! sainte patience! » s'écria Agnese avec ce mélange de gratitude et de dépit que l'on éprouve à une offre où se trouve plus de bonne volonté que de convenance. « Que m'importe à « moi qu'un autre soit ou ne soit pas un homme, « quand ce pauvre homme qui n'est plus ici était « celui qui savait nos affaires, et avait tout pré-« paré pour nous secourir.

« —Alors il faut prendre patience.

« —Je sais cela. Pardon de vous avoir dé-« rangé.

« —Ce n'est rien, ma bonne dame. Cela me « fait de la peine pour vous. Si vous vous déci-

« dez à demander quelqu'un de nos pères, le
« couvent est ici qui ne bouge pas. Eh! je me
« ferai bientôt voir pour la quête de l'huile.

« — Portez-vous bien, » dit Aguese ; et elle se
dirigea vers son village, troublée, confuse, dé-
concertée comme un pauvre aveugle qui aurait perdu son bâton.

Un peu mieux informés que fra Galdino, nous
pouvons dire maintenant comment était vraiment allée la chose. Attilio, à peine arrivé à Milan, alla, ainsi qu'il l'avait promis à don Rodrigo, rendre visite à leur oncle commun du
conseil secret. (C'était un comité composé alors
de treize membres, hommes de robe et d'épée,
dont le gouvernement prenait l'avis. Quand le
gouverneur venait à mourir ou à être changé,
le conseil exerçait provisoirement le gouvernement.) Le comte leur oncle, homme de robe et
l'un des anciens du conseil, y jouissait d'un certain crédit; mais il n'avait pas son égal pour le
faire valoir, et surtout pour en faire montre.
Son langage était toujours ambigu; son silence
même était significatif. Il n'achevait presque jamais ses phrases; ses yeux semblaient dire : « Je
« ne puis pas parler.» Il avait l'art de flatter sans
promettre, de menacer avec éclat. Chez lui le
désir de montrer son crédit était le mobile de
toutes ses actions, et il y réussissait à merveille;
il savait le faire percer dans ses moindres mots.
Etait-il obligé de dire : « Je ne puis rien dans cette
« affaire. », c'était souvent l'exacte vérité; mais

il le disait d'une telle manière qu'on n'en pouvait rien croire; cette circonstance servait à accroître l'opinion qu'on avait de son pouvoir, et de là son pouvoir s'accroissait en effet. C'était comme ces boîtes que l'on voit encore dans quelques boutiques d'apothicaires, avec certains mots arabes pour étiquette, et où il n'y a rien dedans, mais qui servent à donner du crédit à la boutique. Celui du comte, qui depuis longtemps était toujours allé croissant, mais à petits pas, avait fini par faire d'un seul coup un pas de géant par une occasion extraordinaire. Le comte avait fait un voyage à Madrid, chargé d'une mission à la cour. Il fallait l'entendre raconter lui-même quel accueil on lui avait fait! Pour ne rien dire de plus, le comte-duc l'avait traité avec une attention particulière, et l'avait admis dans sa confidence, au point de lui avoir demandé une fois en présence, on peut le dire, de la moitié de la cour, si Madrid lui plaisait, et de lui avoir dit une autre fois, entre quatre yeux, dans l'embrasure d'une croisée, que la cathédrale de Milan était la plus grande église qui fût dans les domaines du roi.

Après avoir rendu ses devoirs au comte son oncle, et lui avoir présenté les compliments de son cousin, Attilio, avec cet air sérieux qu'il savait prendre à propos, dit : « Je crois qu'il « est de mon devoir, sans manquer à la discré- « tion que j'ai promise à Rodrigo, d'informer

« le seigneur mon oncle d'une affaire qui, s'il n'y
« met pas la main, peut devenir sérieuse et avoir
« des conséquences....

« — Quelque tour de sa façon, j'imagine.

« — Pour l'amour de la vérité, je dois dire
« que le tort n'est pas du côté de Rodrigo; mais
« il est échauffé, et, comme je le dis, personne
« autre que mon oncle ne peut....

« — Voyons, voyons.

« — Il y a de ce côté un frère capucin qui s'est
« butté contre mon cousin, qui l'a pris en haine,
« et la chose est au point....

« — Combien de fois vous ai-je dit à l'un et
« à l'autre qu'il faut laisser les frères cuire
« dans leur bouillon *! C'est bien assez du
« souci qu'ils donnent à qui doit...., à qui cela
« regarde.... » Et ici il souffla. « Mais vous qui
« pouvez l'éviter....

« — Seigneur oncle, c'est mon devoir ici de
« vous dire que Rodrigo l'aurait évité si c'avait
« été possible. C'est le frère qui a voulu avoir
« querelle avec lui, qui s'est mis à le provoquer
« de toutes les manières....

« — Que diable ce frère a-t-il de commun avec
« mon neveu?

« — D'abord c'est un brouillon connu pour

---

* On plaisante beaucoup en Italie les capucins sur le
bouillon qu'ils donnent à ceux qui leur demandent l'aumône. Boccace, est, je crois, le premier qui les ait traités de
bratolosi (*brodolosi*).

« tel, et qui fait profession de se prendre de
« querelle avec les chevaliers .Il protége, il di-
« rige, que sais-je, moi? une petite paysanne
« de là-bas, et il a pour cette créature une cha-
« rité, une charité...., je ne dis pas intéressée,
« mais une charité très jalouse, soupçonneuse,
« chatouilleuse.

« — J'entends, » dit le comte. Et sur un certain fond de sottise, peint par la nature sur sa
face, voilé ensuite et recouvert par plusieurs
couches de politique, étincela un rayon de malice qui était à peindre.

« — Maintenant, depuis quelque temps, con-
« tinua Attilio, ce frère s'est mis en tête que
« Rodrigo avait je ne sais quels desseins sur cette
« jeune fille....

« — Il s'est mis en tête, il s'est mis en tête. Je
« connais aussi le seigneur don Rodrigo, et il
« faudrait un autre avocat que votre seigneurie
« pour le justifier dans ces sortes de matières.

« — Que Rodrigo, seigneur oncle, puisse s'être
« permis quelque badinage avec cette créature
« en la rencontrant dans la rue, je ne serais pas
« éloigné de le croire: il est jeune, et après tout
« il n'est pas capucin. Mais ce sont là des vétilles
« dont on ne peut pas entretenir le seigneur
« oncle. Le sérieux, c'est que le frère s'est mis
« à parler de Rodrigo comme on ferait d'un
« manant; il cherche à soulever contre lui tout
« le pays....

« — Et les autres frères?

« — Ils ne s'en mêlent pas, parce qu'ils le
« connaissent pour une tête chaude, et ils ont
« beaucoup de respect pour Rodrigo ; mais d'un
« autre côté ce frère a un grand crédit près des
« villageois, parce qu'il fait le saint, et....

« — J'imagine qu'il ne sait pas que Rodrigo
« est mon neveu....

« — S'il le sait ! c'est même ce qui l'anime
« le plus.

« — Comment ! comment !

« — Il trouve, et il le dit à qui veut l'en-
« tendre, il trouve beaucoup plus de plaisir à
« chagriner Rodrigo, précisément parce que
« celui-ci a un protecteur aussi puissant que l'est
« votre seigneurie, et qu'il se rit des grands et des
« diplomates, et que le cordon de saint Fran-
« çois tient liées même les épées, et que....

« — Oh ! téméraire frère ! Comment s'appel-
« le-t-il ?

« Fra Cristoforo de ✱✱✱, » dit Attilio. Le comte
tira d'un coffret un petit portefeuille, et en soufflant, en soufflant, il y inscrivit ce pauvre
nom.

En attendant, Attilio poursuivait toujours :
« Il a toujours été de cette humeur. On sait sa
« vie : c'était un roturier qui, se trouvant avoir
« quatre sous, voulait lutter avec les gentils-
« hommes de son pays, et par rage de ne les pou-
« voir pas tous réduire, il en tua un ; pour évi-
« ter la potence, il se fit frère.

« — Mais bravo ! mais bien ! nous verrons,

« nous verrons, » disait le comte en soufflant
toujours.

« — Maintenant, continuait Attilio, il est
« plus enragé que jamais, parce qu'un projet
« qui lui tenait fort à cœur a échoué. C'est par
« là que votre seigneurie verra quel homme ce
« peut être. Il voulait marier sa créature. Que
« ce fût pour la soustraire aux périls du monde,
« vous m'entendez, ou pour tout autre motif, il
« la voulait absolument marier, et il avait trou-
« vé le.... l'homme, encore une de ses créatures,
« un garnement que peut-être, que sans doute
« le seigneur mon oncle doit connaître de nom,
« parce que je tiens pour sûr que le conseil se-
« cret aura dû s'occuper de ce digne sujet.

« — Quel est cet homme ?

« — Un fileur de soie, Lorenzo Tramaglino,
« celui qui....

« — Lorenzo Tramaglino ! s'écria le comte.
« Mais bien ! mais bravo, père ! Assurément...,
« en effet.... il avait un lettre pour un.... C'est
« dommage que....; mais n'importe, cela va
« bien. Et pourquoi le seigneur don Rodrigo ne
« dit-il rien de tout cela, laisse-t-il aller les
« choses si loin, ne s'adresse-t-il pas à qui le peut
« et le veut diriger et soutenir ?

« — Je vous dirai aussi la vérité sur ce point.
« D'une part, sachant que d'intrigues, que d'af-
« faires votre seigneurie a dans la tête.... »
(Celui-ci, en soufflant, y mit la main, comme
pour montrer quelle fatigue c'était pour lui de

les y faire toutes tenir.), « il s'est fait en quelque
« sorte conscience, poursuivait Attilio, de lui
« donner un souci de plus. Et puis je dirai tout :
« d'après ce que j'ai pu comprendre, il est si ou-
« tré, si hors de lui, si lassé des insultes de ce
« frère, qu'il a plus envie de se faire justice lui-
« même, d'une manière sommaire, que de l'ob-
« tenir, d'une manière régulière, de la prudence
« et du bras du seigneur son oncle. J'ai essayé
« de jeter de l'eau sur le feu; mais, voyant la
« chose prendre une mauvaise route, j'ai cru
« qu'il était de mon devoir d'avertir de tout
« votre seigneurie, qui au bout du compte est le
« chef et la coloune de la maison.....

« - Vous auriez mieux fait de parler plus tôt.

« — C'est vrai. Mais j'espérais que la chose
« tomberait d'elle-même, ou que le frère re-
« prendrait un peu de raison, ou qu'il s'en irait
« de ce couvent, comme il arrive de ces frères,
« qui tantôt sont ici, tantôt sont là; et alors tout
« serait fini. Mais.....

« — Le soin d'arranger l'affaire me regarde
« maintenant.

« — C'est à quoi j'ai pensé. Je me suis
« dit : « Le seigneur notre oncle, avec sa pré-
« voyance, avec son autorité, saura bien, lui,
« prévenir un scandale et sauver en même temps
« l'honneur de Rodrigo, qui, après tout, est
« aussi le sien. Ce frère, disais-je, parle tou-
« jours du cordon de saint François; mais pour
« l'employer à propos, ce cordon de saint Fran-

« çois, il n'est pas besoin de l'avoir autour du
« corps! Le seigneur notre oncle a cent moyens
« que je ne connais pas; je sais que le père pro-
« vincial a, comme de juste, une grande défé-
« rence pour lui; et si le seigneur notre oncle
« croit qu'en ce cas le meilleur expédient soit de
« faire changer d'air à ce frère, il peut en deux
« mots..... »

« — Laissez le soin d'y penser à celui que ce
« soin regarde, votre seigneurie, » dit un peu
âprement le comte.

« — Ah!. c'est vrai! » s'écria Attilio en se-
couant la tête, et avec un sourire de compassion pour lui-même. « Je suis bien homme à
« donner des conseils à sa seigneurie! Mais c'est
« l'amour que j'ai de l'honneur de la maison
« qui me fait parler. Et j'ai aussi peur d'avoir
« fait une autre sottise, » ajouta-t-il en affec-
tant un air pensif; « j'ai peur d'avoir fait tort
« à Rodrigo dans l'opinion du seigneur notre
« oncle. Je ne me donnerais pas de repos si j'é-
« tais cause qu'il pût penser que Rodrigo n'ait
« pas toute cette confiance en lui, toute cette
« soumission qu'il doit avoir. Que le seigneur
« notre oncle croie que, dans ce cas, c'est pro-
« prement.....

« — Allons, allons, quel tort, quel tort, entre
« vous deux, qui serez toujours amis jusqu'à ce
« que l'un devienne sage? Libertins, libertins,
« qui en faites toujours de nouvelles! et c'est sur
« moi que tombe le soin de les réparer; qui.....

« Vous me ferez dire quelque sottise ; vous me
« donnez plus de souci vous deux que..... » (Et
ici pensez quel souffle il envoya.) « toutes les bien-
« heureuses affaires de cet état. »

Attilio fit encore quelque excuse, quelque
promesse, quelque compliment ; puis il prit congé
et s'en alla accompagné d'un « Et soyons sages, »
qui était la formule de congé du comte pour ses
neveux.

CHAPITRE XIX.

Si , en voyant dans un champ mal cultivé une
herbe sauvage, par exemple une belle plante de
patience *, l'on voulait savoir au juste si elle
provient d'une graine qui a mûri dans le champ
même, ou d'une graine que le vent y a jetée,
ou enfin d'une graine qu'un oiseau y a laissée
tomber, on aurait beau se creuser la cervelle ,
on n'arriverait jamais à un résultat satisfaisant.
De même nous ne saurions jamais dire si le
comte trouva dans sa tête la résolution de se
servir du père provincial pour trancher ce nœud
embrouillé , ou si elle lui fut suggérée par Attilio. Assurément celui-ci n'avait pas jeté ce mot
au hasard ; et quoiqu'il dût bien s'attendre qu'à
une insinuation aussi directe l'amour-propre ombrageux du comte se serait révolté, il voulut
pourtant, à tout prix, faire luire à ses yeux l'i-
dée de cet expédient, et l'aviser de la route où il
désirait qu'il s'engageât. D'autre part, l'expédient était si conforme à l'humeur du comte,

* Un bel lapazio.

si clairement indiqué par les circonstances, qu'on pourrait parier qu'il l'aurait imaginé et adopté sans que personne le lui suggérât. Il s'agissait qu'un homme qui portait son nom, un de ses neveux, n'eût pas le dessous dans une querelle ouverte : c'était un point très essentiel à la réputation de son pouvoir, réputation qu'il avait tant à cœur. La satisfaction que son neveu en pouvait tirer lui-même aurait été un remède pire que le mal, une pépinière de chagrins : il fallait y parer sans perdre un seul moment. Lui ordonnera-t-il de partir aussitôt de son château ? il n'obéira pas ; et s'il obéit, c'est proprement céder le champ de bataille. La maison a l'air de reculer devant un couvent. Des ordres formels, l'emploi de la force légale, et tous les épouvantails de ce genre, n'avaient aucune prise sur un adversaire de cette condition. Le clerc régulier et séculier était entièrement affranchi de toute juridiction laïque. Ces immunités étaient acquises non seulement à leurs personnes, mais encore aux lieux qu'ils habitaient. Tous nos lecteurs, ceux même qui n'auraient pas lu d'autre histoire que la nôtre, doivent savoir cela. Tout ce qu'on pouvait tenter contre un tel adversaire, c'était de chercher à le faire déguerpir ; et le père provincial en avait seul le pouvoir.

Or le comte et le père provincial étaient de vieilles connaissances ; ils s'étaient vus rarement, mais chaque fois avec de grandes démonstrations d'amitié, et avec des offres réitérées de service.

En toutes les rencontres, on a plus aisément bon marché d'un homme qui commande à un grand nombre d'autres qu'à l'un de ses subordonnés : car celui-ci ne voit que son affaire, ne sent que sa passion, ne se soucie que de son point ; tandis que l'autre découvre en un moment cent relations, cent points de contact, cent intérêts, cent choses à éviter, cent choses à sauver ; et l'on peut ainsi le prendre de cent côtés.

Tout bien pesé, tout mûrement réfléchi, le comte invita un beau jour le père provincial à dîner, et il le fit trouver avec une bande de convives assortis avec un choix fort bien entendu. On y voyait quelques parents des gens les plus titrés, dont le nom seul était un grand titre, et qui, par leur maintien, par une certaine hardiesse native, par un air de dédain tout-à-fait seigneurial, en parlant de grandes choses avec des termes familiers, réussissaient, même sans y penser, à imprimer à chaque instant l'idée de la supériorité et de la puissance. Il s'y trouvait aussi quelques clients attachés à la maison par un dévouement héréditaire, et au personnage par une servitude de toute la vie, lesquels, en commençant, depuis le potage, à tout approuver de la bouche, des yeux, des oreilles, de toute la tête, de tout le corps, de toute l'âme, au dessert vous avaient réduit un homme à ne plus se souvenir comment on faisait pour improuver.

A table, le comte fit bien vite tomber la conversation sur le thème de Madrid. On va à Rome

par plus d'un chemin ; il allait par tous à Madrid *. Il parla de la cour, du comte-duc, dés
ministres, de la famille du gouverneur, des cour-
ses de taureaux, qu'il pouvait fort bien décrire,
parce qu'il avait eu le plaisir de les voir d'une
place d'honneur, de l'Escurial, dont il pouvait
parler dans le plus petit détail, parce qu'un la-
quais du comte-duc l'avait conduit dans les moindres recoins. Pendant quelque temps toute la compagnie ne fut, comme un auditoire, attentive que
pour lui seul ; puis elle se partagea en colloques
particuliers. Il continua alors à raconter une foule
de ces belles choses, comme en confidence, au
père provincial, qui était assis près de lui, et qui
le laissa dire, dire et dire encore. Mais tout à
coup, il donna une autre tournure à la conversation, il la détacha de Madrid, et de cour en
cour, de dignité en dignité, il la fit tomber sur
le cardinal Barberini, qui était capucin et frère
du pape Urbain VIII, alors régnant. Le comte
fut obligé aussi de laisser parler un peu les autres, de se mettre à écouter, et de se rappeler
qu'après tout la compagnie n'était pas toute composée d'individus qui dépendaient de lui. A peine
était-on sorti de table qu'il pria le père provincial de passer avec lui dans un autre appartement.

---

* L'allusion n'est pas aussi claire en français qu'en italien. Nous disons en français : Tout chemin mène à Rome ;
on dit en italien : *A Roma si va per più strade.*

Deux puissances, deux vieillesses, deux expériences consommées, se trouvaient face à face. Le magnifique seigneur fit asseoir le très révérend père, s'assit auprès de lui, et commença en ces termes : « D'après l'amitié qui existe entre « nous, j'ai cru pouvoir parler à votre paternité « d'une affaire qui nous intéresse tous deux, et « qui doit être conclue entre nous, sans aller « par d'autres chemins, qui pourraient.... Et « pourtant, bonnement, là, le cœur sur la main, « je vous dirai ce dont il s'agit, et je suis certain « que nous serons d'accord en deux mots. Dites- « moi, dans votre couvent de Pescarènico il y « a un père Cristoforo de ***, n'est-il pas vrai? »

Le père provincial fit signe que oui.

« Je prie votre paternité de me dire, franche- « ment, en ami.... Cet homme..., ce père..., je ne « le connais pas personnellement, il est vrai; je « connais beaucoup de capucins, fervents, pru- « dents, humbles, qui valent leur pesant d'or : « j'ai été l'ami de l'ordre depuis mon enfance... « Mais dans toutes les familles un peu nombreu- « ses... il y a toujours quelque individu, quel- « que tête..., et je sais, par certaines aventures, « que ce père Cristoforo est un homme... qui « aime un peu les querelles..., qui n'a pas toute « cette prudence, tous ces égards... Je gage qu'il « a donné plus d'une fois du souci à votre pater- « nité.

« — J'entends, il s'est encore mêlé de quelque « intrigue, » pensait le père provincial. « C'est

« ma faute : je savais bien que ce saint homme
« de Cristoforo était un sujet qu'il fallait faire
« courir de chaire en chaire, et qu'on ne le pou-
« vait pas laisser reposer six mois en un même
« lieu, surtout dans les couvents de campagne.

« Oh ! dit-il ensuite à haute voix, je suis vrai-
« ment fâché de voir que votre magnificence ait
« pris une telle opinion du père Cristoforo : car,
« pour ce que j'en sais, c'est un religieux... d'une
« conduite exemplaire au couvent, et que l'on
« tient en haute estime même au dehors.

« — J'entends très bien; votre paternité doit...
« Cependant, je veux, en ami sincère, l'avertir
« d'une chose qu'il lui importe de savoir; et si elle
« en est déjà informée, sans manquer à mes de-
« voirs, je lui peux faire apercevoir certaines con-
« séquences... possibles : je n'en dis pas plus. Nous
« savons que ce père Cristoforo avait pris sous sa
« protection un homme de ce pays, un homme...
« Votre paternité doit en avoir ouï parler : c'est
« celui qui s'échappa avec tant de scandale des
« mains de la justice, après avoir fait, dans cette
« terrible journée de la Saint-Martin, des choses...,
« des choses... Enfin c'est Lorenzo Tramaglino !

« — Ahie ! » pensa le père provincial, et il dit :
« C'est pour la première fois que j'entends parler
« de cette particularité ; mais votre magnificence
« sait bien qu'il entre précisément dans nos de-
« voirs d'aller à la recherche des hommes égarés
« pour les ramener...

« — C'est bien; mais des relations suivies avec

« des hommes égarés d'une certaine espèce...!
« ce sont choses épineuses, affaires très délicates...»
Et ici, au lieu de gonfler ses joues et de souffler,
il serra les lèvres, et il aspira autant d'air qu'il
avait coutume d'en chasser en soufflant. « J'ai
« cru nécessaire de vous donner cet avis, parce
« que, si jamais son excellence... On a pu en
« écrire quelque chose à Rome..., je n'en sais
« rien...; et de Rome il pourrait venir quelque...

« — Je suis fort obligé de l'avis à votre magni-
« ficence. Toutefois je suis certain que, si l'on
« prend des informations sur cette affaire, on trou-
« vera que le père Cristoforo n'a eu de relations
« suivies avec l'homme en question que pour le
« rendre à la raison. Je connais, moi, le père
« Cristoforo.

« — Votre paternité doit donc savoir mieux
« que moi ce qu'il a été dans le monde, et les
« fredaines de sa jeunesse.

« — Telle est la gloire de notre habit, seigneur
« comte, qu'un homme qui dans sa vie mon-
« daine a pu faire parler de lui, une fois revêtu
« de cet habit, devient un tout autre homme;
« et depuis que le père Cristoforo porte cet
« habit....

« — Je le voudrais croire, je le dis du fond du
« cœur, je le voudrais croire; mais quelquefois...,
« comme dit le proverbe...., l'habit ne fait pas
« le moine. »

Le proverbe ne venait pas bien à propos; mais
le comte l'avait cité au lieu d'un autre qui lui

assait par la tête : Le loup a beau changer de
« poil, il ne devient pas chien. » *

« J'ai des indices, poursuivait-il, j'ai des in-
« formations....

« — Si votre magnificence sait positivement que
« ce religieux a commis quelque faute (nous
« pouvons tous faillir), qu'elle me fasse la grâce
« de m'en informer. Je suis le supérieur, indi-
« gne sans doute, mais je le suis précisément
« pour châtier, pour remédier....

« — A cette circonstance fâcheuse de la pro-
« tection que ce père accordait à l'homme
« que j'ai dit se joint une autre chose désa-
« gréable, et qui pourrait.......; mais entre
« nous, nous arrangerons tout à la fois. Il arri-
« ve, dis-je, que le même père Cristoforo s'est mis
« à lutter contre mon neveu, don Rodrigo ***.

« — Oh ! cela me fâche, cela me fâche, en vé-
« rité.

« — Mon neveu est jeune, bouillant; il se
« sent; il n'est pas habitué à être provoqué....

« — Il est de mon devoir de prendre de bonnes
« informations sur un fait semblable. Comme je
« l'ai déjà dit à votre magnificence, et, avec
« sa longue expérience du monde et son équité,
« elle sait cela mieux que moi, nous sommes tous
« de chair, sujets à faillir..., tant d'un côté que

* Le proverbe italien dit : *Il lupo muta il pelo, non in vizio.*

« de l'autre, et si notre père Cristoforo a man
« qué....

« —Mais, votre paternité, ce sont des choses
« comme je le disais, qui doivent se termine
« entre nous, s'ensevelir ici, des choses qui, tro
« remuées.... vont de mal en pis. Votre pater
« nité sait ce qu'il en advient : ces piques, ce
« querelles commencent souvent pour une baga
« telle, et vont très loin, très loin.... Si l'o
« veut en trouver les racines, l'on n'en peut ve
« nir à bout, ou bien il naît cent autres embar
« ras. Assoupir, trancher l'affaire, très révéren
« père, trancher, assoupir, voilà ce qu'il faut.
« Mon neveu est jeune; le religieux, d'après c
« que j'en ai pu saisir, a encore tout l'esprit...,
« tous les penchants d'un jeune homme. C'est à
« nous, qui sommes avancés en âge (que trop,
« n'est-il pas vrai, très révérend père ?) c'est à
« nous qu'il appartient d'avoir de la raison pour
« les jeunes gens, et de réparer leurs sottises. Par
« bonheur, nous y sommes encore à temps. Il
« n'y a point eu d'éclat, et c'est encore le cas
« d'un bon *principiis obsta*. Il faut éloigner le
« feu de la paille. On a vu souvent un individu
« qui ne se conduit pas bien, ou qui cause quel-
« que désordre dans un endroit, se comporter
« ailleurs à merveille. Votre paternité saura
« bien trouver où nicher convenablement ce re-
« ligieux. Une autre circonstance se rencontre
« comme à point nommé: il est peut-être tombé
« dans la disgrâce de quelqu'un.... dont il sou-

haite peut-être ardemment d'être éloigné. En le plaçant dans un poste un peu écarté, nous ne lui faisons faire qu'un voyage, et nous rendons deux services; tout s'arrange de soi, ou pour mieux dire, il n'y a plus rien de compromis. »

Le père provincial s'attendait à cette concluion depuis le commencement de la conversation. — « Eh! mon Dieu! se disait-il, je vois où il me veut mener; nous y sommes faits. Quand un pauvre frère est en querelle avec vous autres, ou avec l'un de vous, ou vous donne le moindre ombrage, vite, vite, le supérieur doit le faire promener, sans chercher s'il a tort ou raison. »

Quand le comte eut fini, et qu'il eut longuement soufflé, circonstance qui équivalait à une ferme résolution : « J'entends très bien, » dit le père provincial, « ce que veut dire le seigneur comte; mais avant de faire un pas....

« — C'est un pas, et ce n'en est pas un, très révérend père : c'est une chose toute naturelle, toute ordinaire, et si l'on n'y vient pas vite, je prévois un déluge de désordres, une iliade de malheurs. Une sottise....: je ne crois pas que mon neveu en fît.... Je suis là pour l'en empêcher.... Mais au point où l'affaire est arrivée, si nous n'y mettons pas fin entre nous, il n'est pas possible qu'elle s'arrête, qu'elle reste secrète...; et alors ce n'est plus seulement mon neveu...: nous éveillons tout un guêpier,

« très révérend père. Vous le voyez, nous som
« mes une maison, nous avons des attenan
ces....

« — Illustres.

« — Vous m'entendez, ce sont toutes gens qu
« ont du sang dans les veines, et qui dans c
« monde.... comptent pour quelque chose. On s
« pique d'honneur, cela devient une affaire gé
« nérale, et alors.... même ceux qui sont ami
« de la paix.... Ce serait un vrai crève-cœu
« pour moi d'être obligé... de me trouver....
« moi qui ai toujours eu un si grand penchan
« pour les pères capucins!... Vos pères, pou
« faire le bien, comme ils le font à la grand
« édification du public, ont besoin de tranquil
« lité; ils ont besoin de n'avoir pas de cabales
« d'être en bonne harmonie avec ceux...; et d'ail
« leurs, ils ont des parents dans le monde..., e
« ces petites affaires de point d'honneur, pou
« peu qu'elles durent, s'étendent, se ramifient
« y font entrer.... la moitié du monde. Je m
« trouve pourvu de cette bienheureuse charg
« qui m'oblige à un certain décorum...... So
« excellence...., messeigneurs, mes collègues...
« tout devient affaire de corps....., surtout ave
« cette autre circonstance... Votre paternité sai
« comment vont ces sortes de choses.

« — Il est vrai, dit le père provincial, que l
« père Cristoforo est prédicateur, et j'avais déj
« le projet.... On me l'a précisément demandé...
« mais en ce moment, dans de telles circonstan

« ces, cela pourrait être pris pour une punition;
« et punir avant d'avoir bien éclairci....

« — Mais non, ce n'est point une punition :
« c'est une précaution prudente, un moyen hon-
« nête d'empêcher les malheurs qui pourraient...
« Je me suis expliqué.

« — Entre le seigneur comte et moi, la chose
« est assurément ainsi, j'entends bien. Mais le
« fait étant tel qu'on l'a rapporté à votre ma-
« gnificence, je dis, moi, qu'il est impossible
« qu'il n'en ait pas transpiré quelque chose dans
« le pays...... Il y a partout des boute-feu, des
« instigateurs, ou au moins de malins oisifs,
« qui trouvent un plaisir exquis à voir les sei-
« gneurs et les moines aux prises; ils font des
« observations malignes, ils bavardent, ils
« crient.... Chacun a son décorum à conserver ;
« et moi ensuite, en qualité de supérieur (indi-
« gne sans doute), j'ai un devoir exprès....
« L'honneur de l'habit..... Ce n'est pas ma pro-
« pre affaire..... : c'est un dépôt dont.... Puisque
« votre seigneur neveu est si animé, à ce que
« dit votre magnificence, il pourrait prendre la
« chose comme une satisfaction qu'on lui donne,
« et ... je ne dis pas en tirer vanité, s'en glori-
« fier, mais....

« — Votre paternité se moque-t-elle ? Mon
« neveu est un gentilhomme qui est considéré
« dans le monde....... selon son rang et ce qui
« lui est dû; mais dans ses rapports avec moi,
« ce n'est qu'un enfant; il ne fera ni plus ni

« moins que ce que je lui prescrirai. Je vous
« dirai bien plus, mon neveu n'en saura rien.
« Quel besoin avons-nous de lui rendre des
« comptes? Ce sont choses que nous faisons
« entre nous, en bons amis, et que nous met-
« trons sous les pieds. Que cela ne vous donne
« aucune inquiétude. Je dois être accoutumé à
« me taire. » Et il souffla. « Quant aux bavards,
« reprit-il, que voulez-vous qu'ils aient à dire?
« C'est une chose si ordinaire que de voir un re-
« ligieux aller prêcher dans un autre endroit!
« Et puis, nous qui voyons...., nous qui pré-
« voyons....., nous qui devons....., nous n'a-
« vons pas à nous soucier des propos.

« —Cependant, afin de les prévenir, il serait
« bien qu'en cette occasion le neveu de votre
« magnificence fît quelque démonstration, don-
« nât quelque signe visible d'amitié, de défé-
« rence...., non pour nous, mais pour l'habit.

« — Assurément, assurément, c'est juste....;
« pourtant ce n'est pas nécessaire. Je sais que les
« capucins sont toujours accueillis par mon ne-
« veu comme ils doivent l'être. Il le fait par
« inclination; c'est un instinct de famille; et
« puis il sait qu'il fait une chose qui m'est agréa-
« ble. Au reste, en ce cas...., quelque chose de
« plus signalé...., c'est trop juste. Laissez-moi
« faire, très révérend père: j'ordonnerai à mon
« neveu...., c'est-à-dire il le lui faudra insinuer
« avec prudence, afin qu'il ne se doute pas de
« ce qui s'est passé entre nous, parce que je ne

« voudrais pas que nous missions un emplâ-
« tre où il n'y a pas de blessure. Quant à ce que
« nous avons arrêté, le plus tôt sera le mieux ;
« et si l'on trouvait quelque niche un peu loin...,
« pour ôter toute occasion....

 « — On me demande précisément un sujet pour
« Rimini. Peut-être même que, sans autre mo-
« tif, j'aurais jeté les yeux....

 « — C'est fort à propos, c'est fort à propos.
« Et quand ?

 « — Puisque la chose doit se faire, elle se fera
« promptement.

 « — Promptement, promptement, très révé-
« rend père ; plutôt aujourd'hui que demain.
« Et, » poursuivit-il ensuite en se levant, « si
« je puis être de quelque utilité, par moi et par
« mes attenances, à nos bons pères capucins....

 « — Nous avons souvent éprouvé la bonté de
« la maison, » dit le père provincial, qui s'était
aussi levé et qui se dirigeait vers la porte derrière son vainqueur.

 « — Nous avons éteint une étincelle, » dit celui-ci en s'avançant lentement, « une étincelle,
« très révérend père, qui pouvait faire naître un
« grand incendie. Entre bons amis, en deux
« mots on arrange de grandes choses. »

 Arrivé à la porte, il ouvrit les deux battants,
et voulut absolument céder le pas au père provincial. Ils entrèrent dans l'autre appartement
et se mêlèrent au reste de la compagnie.

 Ce seigneur mettait un grand soin, un grand

art, de grands mots, dans le maniement d'une
affaire; mais il obtenait aussi des effets analo-
gues. Au fait, avec l'entretien que nous avons
rapporté, il parvint à faire aller fra Cristoforo
à pied de Pescarenico à Rimini : c'est un grand
voyage.

Un soir un capucin de Milan arrive à Pescarenico avec un pli pour le père gardien. C'est
l'ordre pour fra Cristoforo de se rendre à Rimini pour y prêcher le carême. La lettre au gardien porte l'instruction d'insinuer audit frère
qu'il dépose toute pensée d'affaires qu'il peut
avoir entamées dans le pays qu'il doit quitter;
qu'il n'y entretienne aucune correspondance;
le frère porteur doit être son compagnon de
voyage. Le gardien ne dit rien le soir; au matin il fait appeler fra Cristoforo, lui montre
l'ordre, lui dit d'aller quérir sa corbeille, son
bourdon, son suaire, sa ceinture, et de se mettre ensuite en route avec ce père compagnon
qu'il lui présente.

Jugez quel coup ce fut pour notre bon père!
Renzo, Lucia, Agnese, se présentèrent aussitôt
à sa pensée, et il s'écria, pour ainsi dire, à part
soi : « Grand Dieu ! que feront ces malheureux
« quand je ne serai plus ici ! » Mais il leva aussitôt les yeux vers le ciel, et il s'accusa d'avoir
manqué de confiance, de s'être cru nécessaire à
quelque chose. Il croisa les mains sur sa poitrine
en signe d'obéissance, et s'inclina devant le père
gardien. Celui-ci le tira ensuite à l'écart, et lui

donna cet autre avis, moitié comme un conseil, moitié comme un ordre. Fra Cristoforo alla à sa cellule, prit sa corbeille, y mit son bréviaire, son carême et le pain du pardon; il ceignit ses reins d'une courroie, prit congé de tous ses confrères, alla prendre la bénédiction du gardien, et prit avec son compagnon la route qui lui avait été prescrite.

Nous avons dit que don Rodrigo, obstiné plus que jamais à son infâme entreprise, avait résolu de rechercher l'assistance d'un homme terrible. Nous n'en pouvons dire ni le prénom, ni le nom, ni même un seul titre; bien plus, nous ne pouvons pas hasarder là-dessus la moindre conjecture. C'est d'autant plus étrange que nous trouvons le souvenir de ce personnage dans plus d'un livre (nous disons des livres imprimés) de ce temps. L'identité des faits ne permet pas de douter que ce ne soit le même personnage; mais on voit partout un soin extrême d'éviter d'en tracer le nom, comme si ce nom avait dû brûler la plume, la main de l'écrivain. Francesco Rivola, dans la vie du cardinal Frédéric Borromée, ayant à parler de cet homme, dit que c'est « un seigneur aussi puissant par ses riches-« ses qu'illustre par sa naissance, » sans plus. Giusepe Ripamonti, qui, dans le cinquième livre de la cinquième décade de sa *Storia patria,* en fait une plus longue mention, le nomme toujours un homme, cet homme, un personnage, ce personnage. « Je rapporterai, » dit-il en

son beau latin, « l'aventure d'un homme qui ;
« étant au premier rang parmi les plus puissants
« de la ville, avait choisi la campagne pour
« demeure ; et là, s'assurant l'impunité à force
« de crimes, il ne tenait aucun compte des sen-
« tences, ni des juges, ni de la magistrature, ni
« de la souveraineté. Placé sur l'extrême confin
« de l'état, il menait une vie indépendante ; il
« donnait un asyle aux bannis ; il fut banni lui-
« même, et puis absous de la sentence qui avait
« été portée.... » Nous emprunterons à cet auteur quelque autre passage qui viendra à propos
pour confirmer et pour éclairer le récit de l'auteur anonyme avec qui nous marchons.

Faire ce qui était défendu par les lois, ou em-
pêché par une force quelconque ; être l'arbitre,
le juge suprême dans les affaires d'autrui, sans
autre intérêt que la soif de commander ; être
craint de tous, même de ceux qui se faisaient
craindre de chacun, telles avaient été en tout
temps les passions principales de cet homme.
Dès son adolescence, au spectacle et au bruit de
tant de *prepotenze*, de tant de concussions, de
tant de disputes, à la vue de tant de tyrans, il
éprouvait un sentiment mêlé de colère et d'envie
impatiente. Supérieur au plus grand nombre
en richesses et en serviteurs dévoués, et peut-être
à tous en naissance et en audace, il contraignit
les uns à renoncer à toute rivalité, il arrangea
mal les autres, et fit ses amis du reste ; mais il
était bien loin d'admettre entre eux et lui la

moindre égalité; son esprit altier et dédaigneux
ne pouvait se plaire qu'avec des amis qui lui
fussent subordonnés, qui fissent en quelque
sorte profession de leur infériorité, qui lui cé-
dassent en toute occurrence. Et toutefois il leur
servait quelquefois d'instrument sans qu'il s'en dou-
tât. Quand ceux-ci se trouvaient engagés dans quelque pas difficile, ils ne manquaient jamais de réclamer le secours d'un aussi puissant auxiliaire.
Pour lui, reculer un moment, c'aurait été déchoir de sa réputation, du haut rang où il
était placé. Tellement que, pour son compte et
pour le compte d'autrui, il en fit tant que, ni
son nom, ni sa parenté, ni ses amis, ni son audace, ne pouvant plus le soutenir contre les
bans publics et contre tant de haines puissantes, il fut contraint de céder et sortir de l'état.
Je crois que c'est à cette circonstance que se rattache un fait remarquable rapporté par Ripamonti : « Il fut obligé de sortir du pays. Voici le
« secret, le respect, la timidité qu'il montra : il
« traversa la ville à cheval, avec une nombreu-
« se meute, à son de trompe, et passant devant
« le palais de la cour, il laissa aux gardes une
« ambassade d'injures pour le gouverneur. »
Pendant son absence il ne renonça pas à ses
menées; il n'interrompit pas ses relations avec
ses amis, qui restèrent unis avec lui, pour tra-
duire littéralement Ripamonti « dans une
« ligue occulte de conseils atroces et de choses
« funestes ». Il paraît même qu'il contracta

alors certaines habitudes nouvelles dont l'historien que nous avons déjà cité parle avec une brièveté mystérieuse. « Des princes étrangers recoururent à lui pour des crimes importants, « et même ils lui envoyèrent des renforts de gens « qui servirent sous ses ordres. »

Enfin (on ignore depuis combien de temps), soit qu'on eût levé le ban par quelque puissante intercession, soit que l'audace de cet homme lui tînt lieu de toute autre franchise, il résolut de retourner chez lui; et il y retourna en effet; non pas toutefois à Milan, mais dans un de ses châteaux sur la frontière du territoire bergamasque, qui était alors, comme chacun sait, du domaine vénitien; et c'est là qu'il fixa sa demeure. « Cette maison, » je cite encore Ripamonti, « était comme une officine de mandats « sanguinaires. On n'y voyait que des serviteurs « dont la tête était mise à prix, et qui s'é- « taient faits coupeurs de tête; ni le cuisinier, « ni même le marmiton, n'étaient dispensés de « l'homicide; les mains des jeunes enfants étaient « ensanglantées. » Outre cette belle famille domestique, il en avait, comme l'affirme le même historien, une autre de semblables sujets, dispersés et postés comme en garnison dans différents lieux des deux états sur le confin desquels il vivait, et toujours prompts et attentifs à ses ordres.

Tous les tyrans, dans un rayon assez vaste, avaient été contraints, celui-ci dans une occasion, et celui-là dans une autre, de choisir

entre l'amitié et l'inimitié de ce tyran extraordinaire. Mais il en était si mal advenu aux premiers qui avaient voulu tenter l'épreuve de lui
résister, que personne n'éprouvait plus l'envie
de la tenter encore. On aurait eu beau s'observer, rester, comme l'on dit, dans son manteau,
on ne pouvait pas conserver son indépendance.
Il envoyait un messager pour intimer l'ordre
qu'on eût à se désister d'une telle entreprise,
qu'on eût à cesser de molester un tel débiteur,
ou autres choses semblables: il fallait se décider
franchement. Quand une partie, avec un hom-
mage de vassalité, était allée remettre à son ar-
bitrage une affaire quelconque, l'autre partie se
trouvait dans la dure alternative ou de se conformer à sa sentence, ou de se déclarer son ennemi, ce qui était à peu près la même chose
que d'être, comme on le disait autrefois, pul-
monique au troisième période. Beaucoup de
gens, en ayant tort, recouraient à lui pour avoir
raison en effet; plusieurs y recouraient, en ayant
raison, pour gagner un ausssi haut patronage et
en fermer l'avenue à leurs adversaires. Les uns et
les autres devenaient plus spécialement ses dé-
pendants. Il arriva quelquefois qu'un faible, op-
primé, vexé, tourmenté par un *prepotente*, s'a-
dressa à lui; et cet homme, ayant pris le parti
du faible, força le *prepotente* de cesser ses vexa-
tions, de réparer le tort qu'il avait causé, de
descendre jusqu'à des excuses. Si celui-ci refusait,
il s'acharnait contre lui, le forçait à se retirer des

lieux qu'il avait tyrannisés, et il lui faisait même quelquefois un parti plus expéditif et plus
terrible. Dans ces cas, ce nom si redouté et si
abhorré avait été pourtant béni un moment,
parce que dans ces temps malheureux on ne pouvait obtenir cette espèce de justice d'aucune autre
force, soit privée, soit publique. Il avait été et
il était presque toujours le ministre, l'instrument
de volontés iniques, de vengeances atroces, de
caprices infâmes; mais les emplois divers qu'il
faisait de sa force imprimaient dans les esprits
une grande idée de tout ce qu'il pouvait vouloir
et exécuter au mépris du juste et de l'injuste,
ces deux choses qui apportent tant d'obstacles à
la volonté des hommes et les font si souvent hésiter.

La renommée des tyrans ordinaires restait pour
l'ordinaire restreinte dans ce petit espace de pays
qu'ils habitaient presque toujours et qu'ils oppri-
maient. Chaque district avait les siens, et ils se
ressemblaient tant, qu'il n'y avait pas de raison
pour que le monde s'occupât de ceux dont il ne
sentait pas le poids. Mais la renommée de celui-
ci était déjà depuis long-temps répandue dans
tout le Milanais; de toute part sa vie était le
sujet des récits populaires, et son nom signifiait
quelque chose d'extraordinairement puissant,
d'obscur, de fabuleux. Le soupçon qu'on avait
de toute part de ses alliés et de ses sicaires con-
tribuait aussi à réveiller l'attention publique. Ce
n'était rien de plus que des soupçons : car qui au-

ait professé ouvertement une telle dépendance ?
Mais chaque tyran pouvait être son allié, chaque
coquin un des siens, et cette incertitude même
rendait plus vaste l'opinion et plus profonde la
terreur de la chose. Chaque fois que l'on voyait
paraître des figures de scélérats inconnues et plus
méchantes que de coutume, à chaque crime
énorme dont on ne pouvait pas d'abord désigner
ou deviner l'auteur, on proférait, on murmurait
le nom de cet homme, que, grâce à la bienheureuse circonspection de nos écrivains, nous serons contraints de nommer l'Inconnu.

Du château de celui-ci au petit château de don
Rodrigo il n'y avait pas plus de six milles. Ce
dernier, à peine devenu maître et tyran, avait
dû voir qu'à si peu de distance d'un tel personnage, il n'était pas possible de faire ce métier
sans en venir aux prises, ou vivre en bonne intelligence avec lui. C'est pourquoi il s'était offert
à lui, et était devenu son ami, à la manière de
tous les autres, s'entend ; il lui avait rendu plus
d'un service (le manuscrit ne dit rien de plus),
et il en avait rapporté chaque fois des promesses
d'aide et de réciprocité en toute occurrence. Il
mettait pourtant beaucoup de soin à cacher une
telle amitié, ou au moins à ne pas laisser voir de
quelle nature elle était, et combien elle était
étroite. Don Rodrigo voulait bien faire le tyran,
mais non le tyran effréné ; la profession était
pour lui un moyen, non un but ; il voulait rester
librement en ville, y jouir des avantages, des

plaisirs, des honneurs de la vie civile. Por
cela il lui fallai user de certains ménagements
tenir compte de parentés, cultiver les amitiés de
personnages en place; avoir une main sur la ba
lance de la justce, pour la faire au besoin pen-
cher de son côte, ou pour l'arrêter, ou pour la
faire tomber dans quelque occasion sur la tête de
quelqu'un que par ce moyen on pouvait atteindre
plus facilement qu'avec les armes de la violence
privée. Or l'inimité, disons mieux, une ligue
avec un homme aussi fameux, avec un ennemi
déclaré de la force publique, ne l'aurait assurément pas servi, surtout auprès du comte son
oncle. Le peu de liaison qui ne se pouvait cacher
pouvait passer pour un devoir indispensable envers un homme dont l'inimitié était trop dange-
reuse, et ainsi recevoir son excuse de la nécessité, parce que celui qui a l'obligation de pourvoir à la sûreté générale et n'en a pas le désir ou
n'en trouve pas le moyen finit par consentir
que les autres pourvoient d'eux-mêmes à leurs
affaires; s'il n'y consent pas expressément, il
ferme au moins les yeux.

Un matin don Rodrigo sortit à cheval, en
équipage de chasse, avec une petite escorte de
sicaires à pied, Griso à l'étrier, et quatre autres
derrière, et il se dirigea vers le château de l'Inconnu.

CHAPITRE XX.

Le château de l'Inconnu était situé au-dessus d'une vallée étroite et sombre, sur la cîme d'un pic qui naît d'une chaîne de montagnes escarpées et la domine. Au premier aspect on ne saurait dire s'il s'y rattache ou s'il en est séparé par les cavernes, les précipices et les abymes qui le bordent de toute part. Le côté qui regarde le vallon est le seul praticable; il descend en pente roide, égale et continue. Au sommet sont des pâturages; il est cultivé vers le bas et semé çà et là d'habitations. Le fond est un lit de cailloux où court, selon la saison, un petit ruisseau ou un large torrent qui alors servait de limite aux deux territoires. Les chaînes des montagnes opposées qui forment, pour ainsi dire, l'autre muraille du vallon, sont aussi à leur naissance mollement inclinées et cultivées, mais seulement durant un court trajet; le reste n'est que rochers, pierres, pentes rapides, nues et sans vie, sauf quelques buissons qui croissent dans les crevasses.

Du haut de ce château, comme l'aigle de so
aire ensanglantée, le sauvage seigneur dominai
à l'entour tout l'espace où se pouvait poser u
pied mortel, et il n'entendait aucun bruit hu-
main au-dessus de sa tête. Ses regards pouvaient
embrasser à la fois toute cette enceinte, les
penchants, le gouffre, les chemins qui y étaient
pratiqués. Aux yeux de celui qui le contemplait
d'en haut, le sentier tortueux qui montait vers
le terrible manoir se déployait en serpentant
comme un ruban. Des fenêtres, des meurtrières,
le seigneur pouvait compter à loisir les pas de
celui qui montait et l'examiner cent fois. Avec
cette garnison de *bravi* qu'il entretenait au château, il aurait pu défier toute une armée d'ennemis; il l'aurait couchée sur le sentier ou fait rou-
ler tout entière dans la vallée avant qu'aucun
homme ne fût arrivé jusqu'à la cîme. Au reste,
à moins d'être l'ami du maître du château, personne n'osait mettre le pied même dans la vallée. Le sbire qui aurait eu le malheur de s'y
montrer aurait été traité comme un espion ennemi qui est découvert dans un camp. On racontait les tragiques histoires des derniers qui avaient
voulu tenter l'entreprise; mais c'étaient déjà
des histoires anciennes; aucun des jeunes vas-
saux ne se souvenaient d'avoir vu dans ces lieux
un homme de cette espèce, ni vivant, ni mort.

Telle est la description que l'anonyme nous
donne du site; quant au nom, il n'en parle pas.
Bien plus, de peur de nous le laisser découvrir,

il ne dit rien du voyage de don Rodrigo. Il le
fait arriver tout d'un coup au milieu de la vallée, au pied du pic, à la naissance de ce sentier tortueux et escarpé. Là était une taverne
qu'on aurait pu nommer aussi un corps-de-gar-
de. Une vieille enseigne où était peint des deux
côtés un soleil rayonnant était suspendue au-dessus de la porte; mais le peuple, qui répète quelquefois les noms comme on les lui apprend, et
quelquefois s'amuse à les refaire à sa guise, ne
désignait cette taverne que sous le nom de la
Malanotte.

Au bruit d'une cavalcade qui s'approchait,
un jeune garçon armé jusqu'aux dents de cou-
telas et de pistolets parut sur le seuil. Après
avoir jeté un regard rapide, il entra pour avertir trois brigands qui jouaient aux cartes. Celui
qui semblait être le chef se leva, parut sur la porte,
et, ayant reconnu un ami de son maître, il le
salua. Don Rodrigo lui rendit le salut avec beaucoup de politesse et lui demanda si le seigneur
se trouvait au château. Cet homme ayant répondu qu'il le croyait, il descendit de cheval, et
jeta la bride à Tira-Dritto, un des *bravi* de son
cortége. Il ôta ensuite son fusil de son épaule et
le remit à Montanarolo, en apparence pour se
soulager d'un poids inutile et monter plus aisément, mais au fond parce qu'il savait bien qu'il
n'était pas permis de se montrer avec un fusil
dans ces parages. Il tira ensuite de sa poche quelques *berlinghe,* et les donna à Tanabuso en lui

disant : « Vous autres, restez ici à m'attendre ;
« pendant ce temps vous vous amuserez un peu
« avec ces braves gens.» Il tira quelques écus d'or
et les donna au chef, la moitié pour lui, l'autre
moitié pour ses hommes. Il se mit enfin à gravir
le sentier avec Griso, qui avait aussi quitté son
fusil. Les trois *bravi* que nous avons dits, et
Squinternotto, qui était le quatrième (voyez un
peu les beaux noms pour les conserver avec tant
de soin!), restèrent à jouer, à boire et à raconter tour à tour leurs prouesses avec les trois *bravi*
de l'Inconnu et le jeune garçon élevé à une aussi
bonne école.

Un autre bravache de l'Inconnu, qui montait,
joignit peu après don Rodrigo. Il le regarda, le
reconnut, et chemina de compagnie. Il lui épar-
gna ainsi l'ennui de décliner son nom et de dire
qui il était à tous ceux qu'il aurait rencontrés
et dont il n'aurait pas été connu. Quand il fut
arrivé et introduit dans le château (Griso fut
laissé à la porte), on lui fit traverser une longue
enfilade de corridors obscurs, et diverses salles
tapissées de mousquets, de sabres et de pertui-
sanes. Chacune de ces salles était gardée par un
bravo. Après avoir attendu quelque temps, il fut
admis dans celle où se trouvait l'Inconnu.

Celui-ci alla au-devant de lui en répondant à
son salut, et en même temps en le toisant et en
le regardant aux mains et au visage, ainsi qu'il
avait coutume de faire, et presque toujours involontairement, à quiconque venait vers lui,

quand bien même c'eussent été de vieux amis sûrs
et éprouvés. Il était d'une haute stature, maigre,
chauve. Au premier aspect, cette tête chauve, la
blancheur du peu de cheveux qui lui restaient
et les rides de son visage l'auraient fait croire
d'un âge beaucoup plus avancé qu'il n'était en
effet : il venait à peine d'atteindre sa soixantième
année. Son maintien et ses mouvements, la
dureté prononcée de ses traits, et un feu caché
qui brillait dans ses yeux, indiquaient une vigueur de corps et d'esprit qui aurait été extraordinaire dans un jeune homme.

Don Rodrigo lui dit qu'il venait pour lui demander conseil et assistance ; que, se trouvant
embarqué dans une entreprise difficile dont son
honneur ne lui permettait pas de se retirer, il
s'était souvenu des promesses de cet homme, qui
ne promettait jamais ni trop ni en vain, et il
lui exposa son abominable intrigue. L'Inconnu,
qui en savait déjà quelque chose, mais confusément, écouta avec beaucoup d'attention le récit, et comme amateur de semblables histoires, et
parce que dans celle-ci se trouvait mêlé un nom
qui lui était connu ; qui lui était très odieux,
le nom de fra Cristoforo, ennemi ouvert des
tyrans, et en paroles, et, quand il le pouvait, en
actions. Don Rodrigo se mit ensuite à exagérer
la difficulté de l'entreprise, la distance du lieu,
un monastère, la *signora*.... A cela l'Inconnu,
comme si un démon caché dans son cœur le lui
eût commandé, l'interrompit tout à coup en

disant qu'il prenait l'affaire sur lui. Il prit note
du nom de notre pauvre Lucia, et congédia
don Rodrigo en lui disant : « Sous peu vous re-
« cevrez de moi l'avis de ce que vous devez
« faire. »

Si le lecteur se souvient de ce scélérat d'Egidio qui habitait près du monastère où la pauvre Lucia avait été reçue, qu'il apprenne maintenant que c'était un des plus intimes collègues de méchanceté qu'eût l'Inconnu : c'est
pourquoi celui-ci avait engagé si promptement
et si résolument sa parole. Cependant, à peine
resté seul, il se trouva, je ne dirai pas repentant,
mais fâché de l'avoir donnée. Déjà depuis quelque
temps il commençait à éprouver, sinon un remords, au moins une vague inquiétude de ses
scélératesses. Chaque fois qu'il en commettait
une nouvelle, le souvenir de celles qui étaient
accumulées dans sa mémoire, à défaut de sa conscience, se réveillait de nouveau et les lui faisait
paraître plus pénibles et plus nombreuses. C'é-
tait comme un fardeau déjà incommode que l'on
aggraverait encore. Une répugnance indéfinissable qu'il avait éprouvée à commettre ses premiers crimes, répugnance qu'il avait ensuite
vaincue, et qui s'était presque entièrement éva-
nouie, recommençait alors à se faire sentir.
Mais dans ces premiers temps l'image d'un avenir vaste, indéterminé, le sentiment intime
d'une puissante et longue vitalité, remplissaient
son cœur d'une confiance irréfléchie. Maintenant

au contraire les pensées de l'avenir étaient celles
qui rendaient le passé plus douloureux. « Vieil-
« lir! mourir! et après? » Et, chose remarquable, l'image de la mort, qui, dans un péril
prochain, en face d'un ennemi, avait coutume
de redoubler l'ardeur de cet homme, de lui
inspirer une colère pleine de courage; cette même image, en lui apparaissant dans le silence de
la nuit, dans son château, asyle sûr et impéné-
trable, lui apportait une consternation subite.
Cette mort n'était plus celle dont l'aurait me-
nacé un ennemi implacable; il ne pouvait pas
se la figurer avec des armes plus fortes, avec un
bras plus prompt. Elle venait seule, elle naissait en lui-même; elle était peut-être encore
éloignée, mais à chaque instant elle faisait un
pas, et tandis que son esprit luttait douloureu-
sement pour en éloigner la pensée, elle s'approchait. Dans les premiers temps, les exemples si
fréquents, le spectacle pour ainsi dire perpétuel
de la violence, de la vengeance, de l'homicide,
en lui inspirant une émulation féroce, lui
avaient aussi servi d'une espèce d'autorité contre
sa conscience; maintenant renaissait à chaque
instant dans son esprit l'idée confuse, mais terrible, d'un jugement personnel, d'une raison indépendante de l'exemple. L'idée d'être sorti de
la foule des criminels vulgaires, de les avoir laissés bien loin derrière lui, cette idée, qui flattait
autrefois son orgueil, lui donnait maintenant
le sentiment d'une solitude terrible. Ce dieu dont

il avait entendu parler, mais que depuis long-
temps il ne se souciait ni de nier ni de reconnaître, occupé seulement à vivre comme s'il
n'existait pas; maintenant, en de certains moments d'abattement sans cause, de terreur sans
péril, il lui semblait l'entendre crier au fond de
son âme : « J'existe pourtant ! » Dans la première
effervescence de ses passions, la loi qu'il avait
entendu annoncer au nom de ce Dieu ne lui
avait paru qu'une chose odieuse; maintenant
quand elle venait assiéger son esprit à l'improviste, son esprit, malgré lui, la concevait comme une chose qui a son accomplissement. Mais
au lieu de laisser jamais rien percer de cette inquiétude nouvelle ni dans ses discours, ni dans
ses actions, il la cachait profondément et la
masquait sous les apparences d'une férocité plus
profonde et plus intense. Par ce moyen il cherchait aussi à se la cacher à lui-même ou à l'é-
touffer. En regrettant (puisqu'il ne pouvait ni
les anéantir ni les oublier) ces temps où il avait
coutume de commettre l'iniquité sans remords,
sans autre sollicitude que celle de la réussite, il
faisait tous ses efforts pour les faire revenir,
pour retenir ou pour rappeler cette volonté
d'autrefois, pleine, hardie, imperturbable, afin
de se convaincre lui-même qu'il était encore le
même homme.

C'est pourquoi en cette occasion il avait aussitôt engagé sa parole envers don Rodrigo, pour
se fermer l'entrée à toute hésitation. Mais celui-

ci à peine parti, il sentit de nouveau s'affaiblir cette résolution qu'il s'était commandée pour promettre; il sentit peu à peu se présenter à son esprit les pensées qui le tentaient de manquer à cette parole, et l'avaient presque exposé à faiblir en présence d'un ami, d'un complice subalterne. Il voulut aussitôt mettre fin à ce douloureux combat. Il appela Nibbio, l'un des plus adroits et des plus résolus ministres de ses crimes atroces, celui dont il avait coutume de se servir pour sa correspondance avec Egidio; et d'un air résolu, il lui ordonna de monter aussitôt à cheval, d'aller droit vers Monza, de signifier à Egidio l'affaire qu'il avait entreprise, et de requérir son assistance pour l'accomplir.

L'infâme messager revint plus vite que ne l'attendait son maître avec la réponse d'Egidio. L'entreprise était facile et sûre; l'Inconnu n'avait qu'à envoyer aussitôt une voiture avec deux ou trois *bravi* bien déguisés; Egidio se chargeait du reste. A cet avis, l'Inconnu, quoi qu'il lui passât par l'esprit, donna ordre en hâte à Nibbio de tout disposer, et de partir avec deux autres qu'il désigna pour l'expédition.

Si, pour rendre l'horrible service qui lui avait été demandé, Egidio avait dû ne compter que sur ses moyens ordinaires, il n'y aurait certainement pas donné si vite une réponse aussi formelle. Mais dans cet asyle même, où tout semblait devoir être un obstacle pour lui, le scélérat avait un moyen connu de lui seul; et ce qui aurait été pour d'autres la plus grande difficulté était pour lui un instrument. Nous avons rapporté comment la malheureuse *signora* prêta une fois l'oreille à ses paroles, et le lecteur peut avoir compris que cette fois ne fut pas la dernière; ce ne fut qu'un premier pas dans une voie d'abomination et de sang. Cette même voix, devenue impérieuse, cette voix qui n'admettait pas de refus pour le crime, alla jusqu'à lui imposer le sacrifice de l'innocente qui lui avait été confiée.

La proposition parut effroyable à Gertrude. Perdre Lucia par un accident imprévu, sans sa faute, lui aurait semblé un malheur, un châtiment amer; et on lui ordonnait de s'en priver avec une criminelle perfidie, de convertir en un nouveau remords un moyen d'expiation! La malheureuse tenta tous les moyens pour se dispenser d'obéir à cet ordre affreux; tous, hors le seul qui aurait été infaillible, et qui était pourtant en son pouvoir. Le crime est un maître sévère et inflexible, contre lequel on n'est fort que lorsqu'on se révolte entièrement. Gertrude ne voulait pas se résoudre à cela, et elle obéit.

C'était le jour fixé; l'heure convenue approchait; Gertrude, retirée avec Lucia dans son parloir particulier, lui faisait de plus grandes caresses que de coutume, et Lucia les recevait et les rendait avec une tendresse croissante, comme la brebis, en tremblant sans crainte sous la main du pasteur qui la tâte et l'entraîne mollement, se retourne pour lécher cette main: elle ne sait

as que le boucher à qui le pasteur vient de la
vendre est à l'attendre hors de ce bercail.

« J'ai besoin d'un grand service, et vous seule
« me le pouvez rendre. J'ai beaucoup de gens
« prompts à m'obéir ; mais je n'ai personne à qui
« me fier. Pour une affaire de la plus haute im-
« portance que je vous raconterai ensuite, j'ai
« besoin de parler tout de suite, tout de suite, à
« ce père gardien des capucins qui vous a con-
« duite ici, ma pauvre et chère Lucia ; mais
« il est pourtant nécessaire que personne ne
« sache que je l'ai envoyé chercher. Je n'ai que
« vous pour faire secrètement ce message...»

Lucia fut atterrée d'une telle demande, et avec
sa timidité ordinaire, mais non sans une forte
expression d'étonnement, elle allégua, pour s'en
dispenser, les raisons que la *signora* devait comprendre, qu'elle aurait dû prévoir : sans sa mère,
sans escorte, dans un chemin solitaire, dans un
pays inconnu... Mais Gertrude, élevée à une
école infernale, montra à son tour tant d'étonnement et tant de déplaisir d'éprouver un tel
refus de celle qu'elle avait comblée de bienfaits ;
elle affecta de trouver ces excuses si frivoles ! en
plein jour, un court trajet, un chemin que Lucia
avait fait peu de jours auparavant ! sur une sim-
ple indication, celui même qui ne l'aurait jamais
vu ne pourrait pas se tromper !.... ; elle en dit
tant, que la pauvrette, touchée de reconnaissance
et de honte en même temps, laissa échapper de
sa bouche : «Eh bien, que dois-je faire? »

« — Allez au couvent des capucins. » Et elle lui décrivit de nouveau la route. «Faites appeler « le père gardien ; dites-lui qu'il vienne à l'in- « stant ici, mais qu'il ne laisse soupçonner à per- « sonne que ce soit sur ma demande.

« — Mais que dirai-je à l'économe, qui ne m'a « jamais vue sortir, et qui me demandera où je « vais?

« — Tâchez de passer sans être vue ; et si vous « ne le pouvez pas, dites-lui que vous allez à « telle église, où vous avez promis de faire des « oraisons. »

Nouvelle difficulté pour Lucia, mentir ; mais la *signora* se montra de nouveau si affligée du refus, elle lui fit tant honte de préférer un vain scrupule à la reconnaissance, que la malheureuse, étourdie plus que convaincue, se sentant émue par ces paroles, répondit : «Eh bien ! j'y vais ; « que Dieu me soit en aide ! » Et elle se mit en marche.

Quand Gertrude, qui de la grille la suivait d'un œil fixe et troublé, la vit mettre le pied sur le seuil, comme surmontée par un sentiment ir- résistible : « Ecoutez, Lucia !... » dit-elle.

Celle-ci retourna vers la grille. Mais déjà une autre pensée, une pensée habituée à prédomi- ner, avait prévalu dans l'esprit de la malheureuse Gertrude. Elle feignit de ne pas être satisfaite des instructions qu'elle lui avait déjà données ; elle dépeignit de nouveau à Lucia la route qu'elle devait suivre, et elle la congédia en disant :

Faites tout comme je vous l'ai dit, et revenez
« aussitôt. » Lucia partit.

Elle franchit sans être vue la porte du cloître,
suivit la rue les yeux baissés en rasant le mur,
trouva avec les indications qu'on lui avait données et avec ses propres souvenirs la porte du
bourg, en sortit, alla toute timide et un peu
tremblante par la grande route, arriva bientôt
à la naissance de celle qui conduisait au couvent, et elle la reconnut. Cette route était et
est encore enfoncée, comme le lit d'un fleuve,
entre deux hautes rives bordées d'arbres. Lucia
y entra. En la voyant entièrement déserte, elle
sentit s'accroître sa peur, et elle doubla le pas ;
mais, après un petit trajet, elle se rassura un peu
en voyant une voiture de voyage arrêtée, et près
de celle-ci, devant la portière ouverte, deux
voyageurs qui regardaient de côté et d'autre,
comme incertains du chemin. Arrivée plus près,
elle entendit l'un des deux qui disait : « Voilà
« une bonne fille qui nous enseignera la route. »
En effet, quand elle fut devant la voiture, ce
même homme, avec un maintien plus poli que
son air, se tourna et dit : « Jeune fille, pourriez-
« vous nous enseigner la route de Monza ? »

«—Ces messieurs ont pris la route contraire, »
répondit la pauvrette. « Monza est par là..... »
Et elle se tournait pour la leur montrer du doigt,
quand l'autre compagnon (c'était Nibbio) la prit
vivement par le milieu du corps, et lui fit
quitter terre. Lucia, épouvantée, tourne la tête

et pousse un cri ; le brigand la jette dans la voiture ; un troisième, qui était assis dans le fond la saisit, et la force, se débattant en vain, à s'asseoir devant lui ; un autre lui met un mouchoir sur la bouche et étouffe ses cris. Alors Nibbio se précipite aussi dans la voiture, la portière se referme, et la voiture part au grand galop. Celui qui avait fait cette demande perfide, resté sur la grande route, regarda avec inquiétude de tous côtés : il n'y avait personne. Il essaya de sauter sur la rive, et, saisissant une branche d'arbre, il y parvint. Il entra dans une haie de chênes nains qui bordait la route pendant un certain trajet, et il s'y tapit pour n'être pas vu du monde qui pourrait accourir au bruit. Cet homme était un serviteur d'Egidio ; il s'était mis à épier près de la porte du couvent ; il avait vu Lucia en sortir ; il avait remarqué son habit et sa figure, et il était accouru par un chemin plus court, pour l'attendre à la place convenue.

Mais qui pourrait décrire la terreur, les angoisses de cette infortunée ? qui pourrait dire ce qui se passait dans son cœur ? Dans sa cruelle anxiété, elle voulait connaître son horrible situation ; elle ouvrait des yeux effarés, et elle les refermait aussitôt, tant ces épouvantables visages lui inspiraient de terreur. Elle se débattait, mais elle était tenue de toutes parts ; elle rassemblait toutes ses forces et s'élançait pour se jeter vers la portière, mais deux bras nerveux la tenaient.

comme clouée dans le fond de la voiture ; quatre autres larges mains semblaient l'y enchaîner.
A chaque mine qu'elle faisait de vouloir pousser
un cri ; le mouchoir venait l'étouffer dans son
gosier. En attendant, trois bouches d'enfer, avec
la voix la plus humaine qu'il leur était donné
de prendre, lui disaient : « Doucement, doucement ; n'ayez pas peur ; nous ne voulons pas
« vous faire de mal. » Après quelques moments
d'une lutte si pleine d'angoisses, elle sembla se
calmer, elle laissa aller ses bras, sa tête retomba
en arrière, elle ouvrit à peine ses paupières en
tenant l'œil immobile, et les horribles visages
qui étaient devant elle lui parurent se confondre
et ondoyer ensemble en un monstrueux mélange ;
les couleurs s'enfuirent de son visage, une sueur
froide la couvrit, elle se laissa aller, et s'évanouit.

« Allons, allons, courage ! » disait Nibbio.
« — Courage, courage ! » répétaient les deux
autres scélérats ; mais l'évanouissement de tous
ses sens préservait en ce moment Lucia d'entendre les encouragements de ces horribles voix.

« Diable ! elle semble morte ! dit l'un d'eux. Si
« elle était morte en effet !

« — Bah ! dit l'autre : c'est un de ces évanouis-
« sements qui viennent aux femmes. Je sais, moi,
« que, quand j'ai voulu envoyer quelqu'un à l'au-
« tre monde, homme ou femme, il a fallu bien
« autre chose.

« — Allons, dit Nibbio, soyez attentifs à votre

« devoir, et n'allez pas chercher autre chose.
« Tirez les tromblons de dessous le siége, et te-
« nez-les prêts, parce que ce bois où nous en-
« trons est un nid de brigands. Ne les tenez
« pas en mains. Diable! remettez-les derrière
« vous; couchez-les. Ne voyez-vous pas que cette
« fille est une poule mouillée qui s'évanouit pour
« un rien? Si elle voit des armes, elle est capa-
« ble de mourir tout de bon. Quand elle aura
« repris ses sens, faites bien attention de ne lui
« pas faire peur; ne la touchez que si je vous fais
« signe; il suffit de moi pour la tenir; et chut!
« laissez-moi parler. »

Cependant la voiture, allant toujours avec
la plus grande rapidité, était entrée dans le
bois.

Après quelque temps, la pauvre Lucia commença à s'éveiller comme d'un sommeil profond
et pénible, et elle ouvrit les yeux. Elle eut d'a-
bord beaucoup de peine à distinguer les horribles objets qui l'entouraient, à recueillir ses esprits; à la fin elle comprit de nouveau son effroyable situation. Le premier usage qu'elle fit
du peu de forces qui lui était revenu, ce fut de
se jeter vers la portière, pour se précipiter hors
de la voiture; mais on la retint, et elle ne put
entrevoir qu'un moment la sauvage solitude du
lieu par où elle passait. Elle poussa de nouveau
un cri; mais Nibbio, en levant la main avec le
mouchoir: « Allons, » lui dit-il le plus doucement qu'il put, « soyez tranquille, c'est ce que

« vous pouvez faire de mieux. Nous ne voulons
« pas vous faire de mal ; mais si vous ne vous
« taisez pas , nous vous ferons taire.

« — Laissez-moi partir ! Qui êtes-vous ? Où
« me conduisez - vous ? Pourquoi m'avez - vous
« prise ? Laissez-moi partir, laissez - moi m'en
« aller.

« — Je vous dis de n'avoir pas peur. Vous n'ê-
« tes pas un enfant, et vous devez comprendre
« que nous ne voulons pas vous faire de mal. Ne
« voyez-vous pas que nous aurions pu vous tuer
« cent fois, si nous avions eu de mauvaises inten-
« tions ? Soyez donc tranquille.

« — Non, non ; laissez-moi passer mon chemin ;
« je ne vous connais pas.

« — Nous vous connaissons bien, nous.

« — Oh ! très sainte Vierge ! Laissez-moi m'en
« aller par charité. Qui êtes-vous ? Pourquoi
« m'avez-vous prise ?

« — Pourquoi nous l'a-t-on ordonné ?

« — Qui ? qui ? qui peut vous l'avoir or-
« donné ?

« — Chut ! » dit Nibbio d'un air sévère. « On
« ne doit jamais nous faire de semblables de-
« mandes. »

Lucia tenta une seconde fois de se précipiter
par la portière ; mais voyant que c'était en vain ,
elle recourut de nouveau aux prières. La tête
baissée, les joues baignées de larmes, la voix
entrecoupée par les sanglots, les mains jointes :
« Oh ! disait-elle , pour l'amour de Dieu et de la

« très-sainte Vierge, laissez-moi m'en aller! Qnel
« mal vous ai-je fait? Je suis une pauvre créa-
« ture qui ne vous ai fait aucun mal ; celui que
« vous m'avez fait, je vous le pardonne du fond
« du cœur, et je prierai Dieu pour vous. Si vous
« avez une fille, une épouse, une mère, pensez
« à ce qu'elles souffriraient si elles étaient en cet
« état. Souvenez-vous qu'un jour nous devons
« tous mourir, et qu'un jour vous désirerez que
« Dieu use de miséricorde envers vous. Laissez-
« moi m'en aller, laissez-moi là : le Seigneur me
« fera trouver mon chemin.

« — Nous ne le pouvons pas.

« — Vous ne le pouvez? Oh! Seigneur! Pour-
« quoi ne le pouvez-vous pas? Où voulez-vous me
« conduire? Pourquoi.....?

« — Nous ne le pouvons pas, c'est inutile.
« N'ayez pas peur ; nous ne voulons pas vous faire
« de mal ; soyez tranquille ; personne ne vous
« touchera. »

Toujours plus tremblante, plus alarmée, plus
épouvantée de voir que ses paroles ne produi-
saient aucun effet, Lucia se tourna vers celui
qui tient dans ses puissantes mains le cœur des
hommes, et peut, quand il le veut, attendrir les
plus féroces. Elle se jeta dans le coin où elle avait
été mise, croisa ses bras sur sa poitrine, et pria
avec ferveur du fond du cœur ; puis, tirant son
chapelet de sa poche, elle commença à le dire
avec plus de foi et de ferveur qu'elle ne l'avait
encore fait de sa vie. De temps en temps, espé-

rant d'avoir obtenu la grâce qu'elle demandait,
elle se tournait pour prier de nouveau ces hommes, mais toujours vainement. Puis elle perdait
encore l'usage de ses sens, puis elle les reprenait
pour retourner à de nouvelles angoisses. Mais
nous n'avons pas le cœur de les décrire plus longuement : une pitié trop douloureuse nous presse
d'arriver au terme de ce voyage, qui dura plus
de quatre heures, et après lequel il nous faudra
encore passer par d'autres heures pleines d'angoisses. Transportons-nous au château où l'infortunée était attendue.

L'Inconnu l'attendait avec une inquiétude,
avec une agitation d'esprit extraordinaires. Chose
étrange ! lui qui avait de sang-froid disposé de
tant d'existences, qui, dans tant de crimes qu'il
avait commis, n'avait compté pour rien les tourments qu'il avait fait souffrir, si ce n'est pour savourer quelquefois une sauvage volupté de vengeance, maintenant, dans la tyrannie qu'il exerçait sur cette Lucia, sur une inconnue, sur une
humble villageoise, il sentait comme un frisson,
comme une impression de peine, je dirais presque de terreur. D'une haute fenêtre de son château il épiait depuis quelque temps vers un débouché de la vallée. Il voit paraître la voiture
qui s'avance lentement, parce que la vitesse de
la première course avait éteint la fougue et
dompté les forces des chevaux ; et, bien que, du
point où il était à regarder, le convoi ne parût
qu'une de ces petites voitures qui servent de

jouets aux enfants, il le reconnut pourtant aussitôt, et il sentit de nouveau son cœur battre fortement.

« Y sera-t-elle ? » pensa-t-il aussitôt. « Que d'en-
« nui me donne cette fille ! » poursuivit-il en son
âme. « Il faut m'en délivrer. »

Et il se disposait à demander un de ses sicaires, et à l'expédier aussitôt à la rencontre de la
voiture, pour ordonner à Nibbio qu'il tournât
bride, et conduisît cette fille au château de don
Rodrigo. Mais un *Non* impérieux, qui résonna
aussitôt dans son esprit, fit évanouir ce dessein.
Tourmenté pourtant du besoin d'ordonner quelque chose, trouvant insupportable d'attendre si
long-temps cette voiture qui s'avançait pas à pas,
comme une trahison, que sais-je, moi ? comme
un châtiment, il fit appeler une vieille qu'il avait
à son service.

Cette femme était née dans ce même château,
d'un ancien serviteur, et elle y avait passé toute sa
vie. Ce qu'elle avait vu et entendu depuis sa naissance avait imprimé dans son esprit une opinion
magnifique et terrible du pouvoir de ses maîtres ;
et la maxime principale qu'elle avait retenue des
instructions et des exemples était qu'il fallait leur
obéir en toute chose, parce qu'ils pouvaient faire
beaucoup de mal et beaucoup de bien. L'idée du
devoir, déposée comme un germe dans le cœur de
tous les hommes ; en se développant dans le sien,
unie aux sentiments d'un respect, d'une crainte,
d'un dévouement servile, s'y était entièrement

associée. Quand l'Inconnu, devenu le maître du château, commença à faire cet usage épouvantable de sa force, celle-ci en éprouva d'abord une certaine peine, et en même temps un sentiment plus profond de sujétion. Avec le temps elle s'était habituée à ce qu'elle voyait et à ce dont elle entendait parler tout le jour; la volonté puissante et sans frein d'un tel seigneur était pour elle comme une espèce de justice fatale. Déjà avancée en âge, elle avait épousé un serviteur de la maison. Celui-ci, étant allé à une expédition hasardeuse, laissa sa peau sur une grande route et sa femme veuve dans le château. La vengeance que le seigneur tira alors aussitôt de cette mort lui donna une consolation féroce, et accrut en elle l'orgueil d'être sous une telle protection. A dater de ce jour elle ne mit que bien rarement le pied hors du château, et peu à peu il ne lui resta de la vie humaine presque aucune autre idée que celle qu'elle en recevait en ce lieu. Elle n'était attachée à aucun service particulier; mais dans cette bande de scélérats, tantôt l'un, tantôt l'autre, lui donnait à chaque instant quelque chose à faire : c'était là son tourment. Elle avait tantôt des chiffons à rapiécer, tantôt à préparer en hâte le repas à ceux qui revenaient d'une expédition, tantôt des blessés à soigner. Les ordres et les reproches, comme les remercîments de ces gens-là, étaient mêlés de railleries et d'injures; on ne l'appelait que la vieille; et les douceurs que l'on ajoutait à ce nom variaient selon les circonstances et l'humeur de celui qui parlait. Elle, troublée dans sa paresse et provoquée dans son amour-propre, qui étaient deux de ses passions prédominantes, payait quelquefois ces compliments de paroles dans lesquelles Satan aurait reconnu plus de son esprit que dans celles des provocateurs.

« Tu vois là-bas cette voiture, » dit le seigneur.

« — Je la vois, » répondit-elle en avançant son menton effilé, et en ouvrant ses yeux caves et éteints.

« — Fais aussitôt préparer une litière; entres-y, « et fais-toi porter à la Malanotte. Vite, vite; il « faut que tu y arrives avant la voiture; elle « s'en approche avec le pas de la mort. Dans cette « voiture il y a...., il doit y avoir..... une jeune « fille. Si elle y est, dis à Nibbio, par mon or- « dre, qu'il la mette dans la litière, et qu'il « vienne aussitôt vers moi..... Tu monteras dans « la litière avec cette....... jeune fille; et quand « vous serez ici, tu la conduiras dans ta cham- « bre. Si elle te demande où tu la mènes, à qui « est ce château, garde-toi bien.....

« — Oh! dit la vieille.

« — Mais, poursuivit l'Inconnu, ranime-la, « rassure-la.

« — Qu'ai-je à lui dire?

« — Ce que tu as à lui dire? Rassure-la, te « dis-je. Es-tu arrivée à ton âge sans savoir com- « ment on s'y prend pour rassurer quelqu'un

« quand il le faut? N'as-tu jamais éprouvé des
« peines de cœur? N'as-tu jamais eu peur? Ne
« sais-tu pas les paroles qui font plaisir en ces
« moments? Dis-lui de ces paroles; trouves-en
« dans le souvenir de tes malheurs. Va vite. »

Quand elle fut partie, il s'arrêta quelque temps
à la fenêtre, les yeux fixés sur cette voiture, qui
déjà paraissait beaucoup plus grande; ensuite il
regarda le soleil, qui en ce moment se cachait
derrière la montagne; puis il regarda les nuages
épars au-dessus, qui, de bruns qu'ils étaient,
devinrent en un moment couleur de feu. Il se retira, ferma la fenêtre, et se mit à se promener
en long et en large dans l'appartement, du pas
d'un voyageur pressé.

CHAPITRE XXI.

La vieille s'était empressée d'obéir et de donner des ordres avec l'autorité de ce nom qui,
par quelque bouche qu'il fût prononcé, mettait
tout le monde en mouvement dans le château,
parce que personne ne pouvait imaginer que
quelqu'un se hasardât jamais à s'en prévaloir
faussement. Elle se trouva en effet à la Malanotte
un peu avant que la voiture n'y arrivât. Quand
elle la vit venir, elle sortit de la litière et fit signe
au cocher d'arrêter, s'approcha de la portière, et
signifia tout bas à Nibbio, qui avançait la tête,
la volonté du maître.

Quand Lucia sentit que la voiture s'arrêtait,
elle tressaillit et sortit de la léthargie où elle était
plongée. Elle éprouva un nouveau surcroît de
frayeur, ouvrit la bouche et les yeux, et regarda
de tous côtés. Nibbio s'était tiré en arrière, et
la vieille, le menton sur la portière, disait à
Lucia : «Venez, mon enfant; venez, pauvre pe-
« tite; venez avec moi. J'ai ordre de vous bien
« traiter et de vous rassurer l'esprit. »

Au son d'une voix de femme, l'infortunée

éprouva un courage momentané; mais elle retomba aussitôt dans une terreur plus profonde. « Qui êtes-vous? » dit-elle d'une voix tremblante, en fixant ses regards étonnés sur la vieille.

« — Venez, venez, pauvre petite, » répétait celle-ci.

Nibbio et ses deux compagnons, devinant, aux paroles et à la voix si extraordinairement radoucie de la vieille, les intentions du seigneur, cherchaient, par de bonnes paroles, à persuader à l'infortunée d'obéir; mais Lucia, inattentive, regardait au-dehors. Bien que ce lieu sauvage et inconnu, et l'air de sécurité de ses gardiens, ne lui laissàssent concevoir aucune espérance de secours, cependant elle ouvrait la bouche pour crier; mais, en voyant Nibbio lui montrer le mouchoir, elle se tut, elle trembla. On la prit et on la mit dans la litière; la vieille y entra après elle. Nibbio ordonna aux deux autres coquins de marcher derrière pour l'escorter, et il gravit en toute hâte la montée pour accourir à l'ordre du maître.

« Qui êtes-vous? » demanda Lucia alarmée à la vue de ce visage difforme et inconnu. « Pourquoi suis-je avec vous? Où suis-je? Où me conduisez-vous?

« — Vers quelqu'un qui vous veut faire du bien; vers un grand...... Heureux ceux à qui il veut faire du bien! C'est heureux, très heureux pour vous. N'ayez pas peur; soyez joyeuse. Il

« m'a ordonné de vous rassurer : vous lui direz
« que je vous ai rassurée, n'est-il pas vrai?

« — Quel est cet homme? Quel est-il? Que
« veut-il de moi? Je ne lui appartiens pas. Dites-
« moi où je suis. Laissez-moi m'en aller. Dites à
« ces hommes qu'ils me laissent aller, qu'ils me
« conduisent dans quelque église. Oh! vous qui
« êtes femme, au nom de la vierge Marie! »

Ce nom chaste et saint, qu'elle avait prononcé
avec respect dans son enfance, et que, depuis un
si grand nombre d'années, elle n'avait ni invoqué
ni peut-être ouï prononcer, ce nom faisait sur
l'esprit de la malheureuse qui l'entendait alors
une impression vague, étrange, confuse, comme
le souvenir de la lumière et des objets sur un
vieillard aveugle dès son bas âge.

Cependant l'Inconnu, debout sur la porte du
château, regardait en bas. Il voyait la litière
monter lentement comme tantôt la voiture, et,
à une distance qui augmentait à chaque instant,
Nibbio qui la devançait à pas pressés. Quand celui-ci eut atteint la cîme, « Viens ici, » lui dit
le seigneur; et, en le précédant, il entra dans
une salle du château.

« Eh bien? » dit-il en s'arrêtant.

« — Tout à souhait, » répondit Nibbio en s'in-
clinant. « L'avis à temps, la jeune fille à temps,
« personne sur les lieux, un seul cri, personne
« qui ait accouru, le cocher diligent, les chevaux
« agiles, personne sur la route; mais.....

« — Mais quoi?....

« — Mais....., à vrai dire, j'aurais mieux aimé
« recevoir l'ordre de lui lâcher un coup d'arque-
« busade par-derrière sans l'entendre parler, sans
« la voir en face.

« — Quést-ce ? qu'est-ce ? Que veux-tu
« dire ?

« — Je veux dire que durant tout ce temps,
« oui tout ce temps......, elle m'a causé trop de
« compassion.

« — Compassion ! Que sais-tu, toi, de la com-
« passsion ? Qu'est-ce que la compassion ?

« — Je ne l'ai jamais aussi bien compris qu'au-
« jourd'hui. La compassion est une histoire qui
« ressemble un peu à la peur : si on s'y laisse pren-
« dre, on n'est plus un homme

« — Voyons un peu comment a fait cette fille
« pour te toucher de compassion.

« — O illustrissime seigneur ! Si long-temps...
« pleurer, prier, et faire certains yeux, et de-
« venir pâle, pâle comme la mort ; et puis san-
« gloter, et prier de nouveau, et certaines pa-
« roles.....

« — Je ne veux pas de cette femme dans mon
« château, pensait l'Inconnu. J'ai eu tort de
« m'embarquer dans cette affaire ; mais j'ai pro-
« mis......., j'ai promis....... Quand elle sera
« loin.... » Et regardant Nibbio d'un air de hau-
teur, « Maintenant, dit-il, laisse la compassion
« de côté ; monte à cheval, prends un compa-
« gnon, prends-en deux si tu veux, et va, va
« jusqu'à ce que tu sois arrivé au logis de ce don

« Rodrigo, tu sais. Dis-lui qu'il envoie prompte-
« ment, mais prómptement, sans quoi..... »

Mais un autre *Non,* plus impérieux que le premier, qu'il sentit résonner au fond de son âme,
l'empêcha de poursuivre. « Non, » dit-il avec
un accent de résolution, comme pour s'exprimer
à lui-même le commandement de cette voix secrète. « Non; va te reposer; et demain matin.....
« tu feras ce que je te dirai.

« Il faut que cette fille ait quelque démon avec
« elle, » pensa-t-il ensuite, resté seul, debout,
les bras croisés sur la poitrine, et le regard immobile sur la partie du plancher où les rayons
de la lune, entrant par une fenêtre élevée, tra-
çaient un carré de lumière pâle, coupé à grands
carreaux par l'ombre des barreaux de fer, et traversé en sens divers par l'ombre des petits com-
partiments des vitreaux. « Il faut qu'elle ait quel-
« que démon... ou quelque ange qui la protège...
« Faire compassion à Nibbio...! Demain matin,
« demain matin, au plus tard, hors d'ici cette
« femme; qu'elle aille à son destin; qu'il n'en soit
« plus question. Et....... » poursuivait-il de cet
air avec lequel on intime un ordre à un enfant
indocile, en sachant bien qu'il n'obéira pas,
« qu'il n'en soit plus question. Que cet animal
« de don Rodrigo ne me vienne pas rompre la
« tête avec ses remercîments, car..... je ne veux
« plus entendre parler de cette femme. Je l'ai
« servi parce que......; parce que j'ai promis; et
« j'ai promis parce que.... c'est mon destin. Mais

« je ferai payer ce service à don Rodrigo avec
« usure. Voyons un peu..... »

Et il cherchait à imaginer quelque entreprise
bien fâcheuse afin de l'imposer à don Rodrigo en
compensation et presqu'en châtiment; mais ces
mots qui le poursuivaient sans relâche vinrent
de nouveau se jeter au travers de ses pensées indécises : « Compassion à Nibbio! Comment a-t-elle
« donc fait ? » se disait-il, tourmenté par cette
idée. « Je veux la voir. Eh non! Oui, je veux la
« voir. »

Il passa d'une salle dans une autre; il trouva
un petit escalier, le monta à tâtons, arriva à l'appartement de la vieille, et heurta la porte du
pied.

« Qui est là ?

« — Ouvre.

A cette voix la vieille fit trois sauts. Aussitôt
on entendit la targette courir dans les anneaux,
et la porte s'ouvrit toute grande. Avant d'entrer,
l'inconnu jeta un coup-d'œil dans la chambre.
A la lueur d'une lanterne qui brûlait sur une table, il vit Lucia couchée par terre, dans le coin
le plus éloigné de la porte.

« Qui t'a dit de la jeter là comme un paquet
« de linge sale, malheureuse? » dit-il à la vieille
d'un air courroucé.

« — Elle s'est mise où elle a voulu, » répondit
timidement celle-ci. « J'ai fait l'impossible pour
« la rassurer, elle vous le pourra dire; mais elle
« ne m'a pas écoutée.

« —Levez-vous, » dit-il à Lucia en s'approchant
d'elle. Mais le bruit qu'il avait fait en heurtant,
la porte ouverte, le bruit de ses pas, le son de sa
voix, avaient porté dans l'esprit alarmé de Lucia
une alarme nouvelle, une terreur plus vague et
plus forte encore. Elle s'enfonça dans son coin,
le visage caché dans ses deux mains, silen-
cieuse, immobile, saisie d'un tremblement uni-
versel.

« Levez-vous; je ne vous veux pas faire de
« mal...., et je peux vous faire du bien, » répéta
le seigneur. « Levez-vous! » cria-t-il ensuite d'une
voix de tonnerre, irrité d'avoir deux fois commandé en vain.

Comme si l'épouvante eût ranimé ses forces
mourantes, l'infortunée se dressa aussitôt sur ses
genoux; elle joignit les mains comme si elle s'é-
tait agenouillée devant une sainte image; elle
leva les yeux sur l'Inconnu, et, les baissant aussitôt, elle dit : « Me voilà; tuez-moi.

« — Je vous ai déjà dit que je ne voulais pas
« vous faire de mal, » répondit l'Inconnu d'une
voix plus douce, en regardant fixement ces traits
altérés par le chagrin et la frayeur.

« — Courage, courage, disait la vieille. S'il vous
« dit lui-même qu'il ne vous veut pas faire de
« mal.....!

« — Et pourquoi, » reprit Lucia d'une voix où,
à travers le tremblement et l'épouvante, perçait
pourtant l'assurance que donnent l'indignation
et le désespoir; « pourquoi me fait-il souffrir

« les tourments de l'enfer ? Que lui ai-je fait ?

« — On vous a peut-être maltraitée ! Par-
« lez......

« — Oh ! maltraitée ! Ils m'ont enlevée par tra-
« hison, de force ! Pourquoi, pourquoi m'ont-ils
« enlevée ? Pourquoi suis-je ici ? Où suis-je ? Je
« suis une pauvre créature. Que vous ai-je fait ?
« Au nom de Dieu......

« — Dieu ! Dieu ! toujours Dieu ! Ceux qui ne
« peuvent pas se défendre eux-mêmes, les faibles,
« ont toujours ce Dieu à mettre en avant, comme
« s'ils lui avaient parlé ! Que prétendez-vous avec
« ce mot, me faire...... ? » Et il laissa la phrase
inachevée.

« — O seigneur ! prétendre ! Que puis-je pré-
« tendre, moi, chétive, sinon que vous usiez de
« miséricorde envers moi ? Dieu pardonne tant
« de choses pour une seule œuvre de miséricorde !
« Laissez-moi m'en aller ; par pitié, par charité,
« laissez-moi m'en aller. Il n'en advient pas bien
« à qui doit mourir un jour de tant faire souffrir
« une pauvre créature. Oh ! vous qui pouvez or-
« donner, dites qu'on me laisse aller ! Ils m'ont
« amenée ici de force. Faites-moi remettre dans
« la voiture avec cette femme, et faites-moi por-
« ter à ***, où est ma mère. O très sainte Vierge !
« ma mère ! ma mère ! par pitié, ma mère ! Peut-
« être n'est-elle pas loin d'ici.... J'ai aperçu mes
« montagnes ! Pourquoi me faites-vous souffrir !
« Faites-moi porter dans une église : je prierai
« pour vous toute ma vie. Vous en coûte-

« t-il tant de dire un mot? Oh! voilà que vous
« êtes attendri! Dites un mot, dites-le. Dieu par-
« donne tant de choses pour une œuvre de misé-
« ricorde!

« — Oh! pourquoi n'est-elle pas fille d'un des
« lâches qui m'ont banni! pensait l'Inconnu; d'un
« de ces misérables qui me voudraient voir mort!
« Comme je jouirais maintenant de ses souffran-
« ces; et au contraire.....

« — Ne rejetez point une aussi bonne inspira-
« tion! » poursuivit avec ferveur Lucia, en voyant
un certain air d'hésitation sur le visage et dans
la contenance de son persécuteur. « Si vous ne
« m'accordez pas cette grâce, le Seigneur me l'ac-
« cordera; il me fera mourir, et tout sera fini pour
« moi. Mais vous....., un jour, peut-être, vous
« aussi.....; mais non, non : je prierai toujours
« le Seigneur qu'il vous préserve de tout mal. Que
« vous coûte-t-il de dire une parole? Si vous ve-
« niez jamais à éprouver ces tourments.....

« — Allons, prenez courage, » dit l'Inconnu
avec une douceur qui étonna la vieille. « Vous
« ai-je fait aucun mal? vous ai-je menacée?

« — Oh! non. Je vois que vous avez bon cœur,
« et que vous prenez pitié d'une pauvre créature.
« Si vous vouliez, vous pourriez me faire plus de
« peur que tous les autres, vous me pourriez faire
« mourir; et, au contraire, vous m'avez..... un
« peu soulagé le cœur. Dieu vous le rendra.
« Achevez l'ouvrage de votre pitié: délivrez-moi,
« délivrez-moi.

« — Demain matin.....

« — Oh! délivrez-moi tout de suite, tout de
« suite.

« — Demain matin nous nous reverrons, vous
« dis-je. Allons, prenez courage. Reposez-vous
« Vous devez avoir besoin de prendre quelque
« nourriture; on va vous en apporter.

« — Non, non; je meurs si quelqu'un entre ici,
« je meurs. Conduisez-moi dans une église......:
« ces pas, Dieu vous les comptera.

« — Une femme viendra pour vous apporter à
« manger, » dit l'Inconnu, et il resta lui-même
surpris qu'un tel expédient lui fût venu en tête,
et qu'il eût songé au besoin d'en chercher un
pour rassurer une femme.

« Et toi, » reprit-il aussitôt en se tournant vers
la vieille, « exhorte-la à manger, et fais-la re-
« poser dans ce lit. Si elle consent que tu couches
« avec elle, soit; autrement tu peux bien dormir
« une nuit sur le carreau. Ranime-la, te dis-je;
« tiens-la joyeuse; et prends garde surtout qu'elle
« n'ait à se plaindre de toi. »

Il dit, et se dirigea rapidement vers la porte.
Lucia se leva et courut pour le retenir et re-
nouveler sa prière; mais il avait disparu.

« Oh! malheureuse que je suis! Fermez, fer-
« mez vite. » Et quand elle eut entendu la porte
se fermer avec la targette, elle retourna se tapir
dans son coin. « Oh! malheureuse que je suis, »
s'écria-t-elle de nouveau en sanglotant. « Qui
« prierai-je maintenant? Où suis-je? Dites-moi,

« vous, dites-moi, par charité, quel est ce sei-
« gneur....? Celui qui m'a parlé, quel est-il?

« — Quel est-il? Eh! quel est-il? Vous voulez
« que je vous le dise, moi! Tu peux attendre que
« je te le dise. Vous faites la fière parce qu'il vous
« protège. Pourvu que vous soyez satisfaite, peu
« vous importe que j'en sois victime. Demandez-
« le-lui. Si j'avais le malheur de vous complaire
« en ceci, je ne recevrais pas des paroles aussi
« douces que celles que vous avez entendues. Je
« suis vieille, moi, je suis vieille, » continua-
t-elle en grommelant tout bas. « Maudites soient
« les jeunes filles qui ont de la grâce à pleurer
« comme à rire, et qui ont toujours raison. » Mais
elle entendit sangloter Lucia; elle se souvint de
l'ordre menaçant du maître; elle se baissa vers
l'infortunée, qui restait toujours accroupie dans
son coin, et, d'une voix moins aigre et plus humaine, elle reprit : « Allons, je ne vous ai pas
« dit de mal. Un peu de gaîté! Ne me deman-
« dez pas de ces choses que je ne vous puis dire,
« et prenez courage. Si vous saviez! que de gens
« seraient contents de l'entendre parler comme
« il vous a parlé! Un peu de gaîté! Il viendra
« tout à l'heure de quoi manger, et moi qui com-
« prends....., à la manière dont il vous a parlé,
« je sais que ce sera du bon. Et puis vous vous
« coucherez, et.... vous me laisserez bien un petit
« coin pour moi, » ajouta-t-elle avec un accent
de dépit comprimé.

« — Je ne veux pas manger, je ne veux pas dor-

« mir. Laissez-moi, ne m'approchez pas. Vous ne
« partez pas !

« — Non, non, » dit la vieille en allant s'asseoir sur une large et vieille chaise, d'où elle
jetait sur la pauvrette des regards de crainte et
de rage tout ensemble. Elle regardait ensuite son
lit ; elle enrageait à cette idée qu'elle aurait le
tourment d'en être peut-être bannie pour toute
la nuit, et elle se plaignait aigrement du froid ;
mais son esprit se récréait par la pensée du souper et par l'espérance qu'il y en aurait pour elle.
Lucia ne s'apercevait pas du froid, ne ressentait
pas la faim, et, comme étourdie, elle n'avait de
ses douleurs, de ses terreurs même, qu'un sentiment vague et confus, semblable à ces vaines
images que fait rêver le délire de la fièvre.

Elle tressaillit quand elle entendit heurter,
et, toute alarmée, « Qui est là ? s'écria-t-elle,
« qui est là ? Que personne ne vienne !

« — Ce n'est rien, ce n'est rien. Bonne nou-
« velle ! c'est Marta qui nous apporte à manger.

« — Fermez ! fermez ! » criait Lucia.

« — Eh ! assurément, on fermera tout de suite,
« tout de suite, » répondit la vieille. Elle prit
ne corbeille des mains de cette Marta, qu'elle
ongédia en hâte ; elle referma la porte, et vint
oser la corbeille sur une table au milieu de
'appartement. Elle invita ensuite à plusieurs re-
rises Lucia à venir savourer ces mets délicieux.
lle employait les paroles les plus efficaces, se-
on elle, pour faire revenir l'appétit à l'infor-

tunée. Les mets étaient si exquis à son goût qu'elle se répandait en exclamations. « Quand « les personnes du commun peuvent se graisser « les dents de ces morceaux, elles s'en souvien- « nent long-temps ! Du vin que le maître boit « avec ses amis..... quand ils le viennent visi- « ter...., et qu'ils veulent se réjouir ! hem ! » Mais voyant que toutes ses tentatives étaient inutiles : « C'est vous qui ne le voulez pas, dit-elle : il ne « faudra pas oublier de lui dire demain que je « vous ai encouragée. Je mangerai, moi, et il « en restera plus qu'il n'en faudra pour vous « lorsque vous aurez repris votre raison et que « vous voudrez obéir. » Cela dit, elle se jeta avi- dement sur le souper. Quand elle fut rassasiée, elle se leva, alla vers le coin, et, se penchant sur Lucia, elle l'invita de nouveau à manger et à se coucher.

« Non, non, je ne veux rien, » répondit la jeune fille d'une voix éteinte et comme assoupie. « La porte est-elle fermée ? » dit-elle ensuite avec plus de résolution ; « est-elle bien fermée ? »

La vieille y courut avant elle, porta la main sur la serrure, secoua la targette et la fit crie avec le pêne, qui la tenait étroitement serrée. « Vous voyez, elle est bien fermée. Etes-vou « contente maintenant ?

« — Oh ! contente ! contente ; ici, moi ! » di Lucia en se remettant dans son coin. « Mai « Dieu sait que j'y suis.

« — Venez dormir. Que voulez-vous faire l

« étendue comme un chien? A-t-on jamais vu
« refuser ses aises quand on les peut avoir!

« — Non, non, laissez-moi.

« — C'est vous qui le voulez. Rappelez-vous-
« le bien, je vous laisse la bonne place, je me
« couche sur le bord. Si vous voulez venir vous
« mettre au lit, vous savez comment vous avez
« à faire. Rappelez-vous que je vous en ai priée
« à plusieurs reprises. » En disant cela elle se
tapit toute habillée sous la couverture, et tout
rentra dans un profond silence.

Lucia restait immobile, accroupie dans son
coin, les genoux sur la poitrine, les mains sur
les genoux et le visage dans les mains. L'état
d'abattement où elle se trouvait n'était ni le
sommeil ni la veille, mais une succession rapide,
douloureuse et vague, de pensées accablantes,
d'imaginations pénibles, de battements de cœur.
Tantôt plus sûre de sa raison et se rappelant
mieux toutes les horreurs qu'elle avait vues et
souffertes en ce jour, elle en repassait doulou-
reusement dans son esprit les moindres circonstances; tantôt son esprit, transporté dans une
région plus obscure, luttait contre les fantômes
nés de l'incertitude et de la terreur. Elle resta
un long espace de temps en proie à ces transes
mortelles. A la fin, abattue, excédée, elle sentit ses membres souffrants se détendre, elle se
coucha, ou plutôt se laissa tomber sur le carreau, et resta quelque temps dans un état plus
voisin du sommeil. Mais tout à coup elle s'éveil-

la comme au bruit d'une voix intérieure qui l'appelait. Elle éprouva le besoin de s'éveiller entièrement, d'avoir toute l'étendue de sa pensée, de savoir où elle était, comment, pourquoi. Un bruit se fit entendre, elle y prêta l'oreille : ce n'était que la respiration lente et embarrassée de la vieille. Elle ouvrit ses yeux effarés, et elle vit une clarté sourde paraître et disparaître tour à tour : c'était le lumignon de la lanterne qui, sur le point de s'éteindre, jetait une lumière tremblante, et aussitôt la retirait pour ainsi dire en arrière comme une vague qui va et vient sur le rivage. Cette lumière, qui fuyait avant que les objets eussent reçu d'elle un relief et une couleur distincte, n'offrait à l'œil qu'une succession de choses flottantes et indécises. Mais bientôt ses récentes impressions se présentèrent à l'esprit de Lucia; elles l'aidèrent à distinguer ce que ses yeux ne pouvaient entrevoir que d'une manière confuse. L'infortunée, réveillée, reconnut sa prison. Tous les souvenirs de l'horrible journée de la veille, toutes les terreurs de l'avenir, l'assaillirent à la fois. Ce nouveau calme même après tant d'agitations, cette espèce de tranquillité, cet abandon où elle était laissée, lui apportèrent une terreur nouvelle, et elle fut vaincue d'une telle anxiété qu'elle désira de mourir. Mais en ce moment elle se souvint qu'elle pouvait adresser ses prières au Ciel, et cette pensée lui fit concevoir une subite espérance de bonheur. Elle prit son chapelet. A mesure que la prière tombait de ses lèvres tremblantes, son cœur sentait croître une confiance indéterminée. Tout à coup une autre pensée s'offre à elle. Elle croit que sa prière sera mieux accueillie et plus sûrement exaucée si elle fait un vœu et une offrande. Elle se souvient de ce qu'elle a de plus cher au monde, hélas! de ce qu'elle avait de plus cher: car dans ce moment terrible son cœur peut-il éprouver autre chose que l'épouvante, peut-il concevoir d'autre désir que celui de sa délivrance! Elle s'en souvient, et se résout aussitôt à en faire le sacrifice. Elle s'agenouille, et serrant contre son cœur ses mains jointes, où pend son chapelet, elle lève vers le ciel son visage et ses paupières baignées de larmes. « O « très sainte Vierge! dit-elle, vous à qui je me « suis tant de fois recommandée, et qui m'avez « consolée tant de fois! vous qui avez souffert « tant de douleurs et êtes maintenant si glorieu- « se, vous qui avez fait tant de miracles pour les « pauvres affligés, sainte Vierge, secourez-moi! « faites-moi sortir de ce péril; mère de Dieu, « faites-moi retourner chaste et pure auprès de « ma mère, et je vous fais vœu de rester vierge; « je renonce pour jamais à ce pauvre malheureux, « pour n'être jamais à d'autres qu'à vous! »

A peine eut-elle prononcé ces mots qu'elle baissa la tête; elle passa son chapelet autour de son cou en signe de consécration, et en même temps comme une sauvegarde, comme une armure de la nouvelle milice où elle s'était engagée. Elle s'étendit ensuite sur le carreau, et elle sentit entrer dans son âme un certain calme, une plus vaste confiance. Ce *demain matin* répété par ce puissant inconnu lui revint en tête, et il lui sembla trouver dans cette parole une promesse de salut. Ses sens, fatigués d'un aussi long combat, s'assoupirent peu à peu dans ce nouveau calme de pensées. Le jour était déjà sur le point de paraître : elle s'endormit d'un sommeil profond et paisible en murmurant le nom de sa protectrice.

Mais dans ce même château se trouvait une autre personne qui aurait voulu en pouvoir faire autant, et qui ne le put jamais. Après avoir brusquement quitté Lucia, après avoir donné des ordres pour le souper de la jeune fille, visité selon l'usage certains postes du château, toujours préoccupé de Lucia et de ses paroles, toujours avec cette vive image à l'esprit, et ces mots qui résonnaient à son oreille, le seigneur s'était retiré dans sa chambre. Il en avait fermé précipitamment la porte, comme s'il eût eu au-dehors un ennemi plus fort que lui. Il se déshabilla tout agité, et se mit au lit; mais il lui sembla que cette image, plus que jamais présente à son esprit, lui dit en ce moment : « Tu ne dormiras « pas. » — Quelle sotte curiosité de jeune fille m'est « venue de la voir ! pensait-il. Cet imbécille de « Nibbio a raison, on n'est plus homme ; c'est « vrai, on n'est plus homme !.... Qui? moi !.... « je ne suis plus homme, moi? Que s'est-il donc

« passé? que diable ai-je donc? qu'y a-t-il de si
« nouveau? Ne savais-je pas, avant de la voir,
« que les femmes sont toujours à larmoyer? Les
« hommes eux-mêmes pleurent quelquefois quand
« ils ne sont pas assez forts pour se défendre. Que
« diable, est-ce que je n'ai jamais entendu pleur-
« nicher de femmes? »

Et ici, sans qu'il eût besoin de fatiguer sa mémoire, il se rappela aussitôt plus d'une circonstance où ni les prières ni les lamentations n'a-
vaient pu l'ébranler dans la résolution de mener
ses entreprises à fin. Mais, loin de lui donner le
courage qui lui manquait pour accomplir celle-
ci, comme il semblait s'y attendre et le désirer,
tous ses souvenirs ne firent qu'ajouter à son irré-
solution une espèce de consternation et de terreur. Il en était si obsédé, que ce lui parut un
soulagement que de retourner à cette première
image de Lucia contre laquelle il avait cherché
d'abord à affermir son courage. « Celle-ci vit en-
« core, elle vit, disait-il; elle est ici; il est en-
« core temps; je lui peux dire : Allez vous-en,
« réjouissez-vous! Je la veux voir à ces mots
« changer de visage. Je peux aussi lui dire : Par-
« donnez-moi......, pardonnez-moi! Moi, de-
« mander pardon! à une femme! moi......! Et
« pourtant, si une parole, si une semblable pa-
« role avait le pouvoir de me faire du bien, si
« elle m'aidait à secouer un moment le démon
« qui m'obsède, je la dirais; oui, je sens que je
« la dirais. A quoi suis-je réduit! Je ne suis plus

« homme, je ne suis plus homme !.... Allons! »
dit-il ensuite en s'agitant comme un furieux sur
son oreiller devenu si dur, sous ses couvertures
devenues si pesantes; « allons! ces sottises-là
« m'ont passé plus d'une fois par latête. Celle-ci
« passera aussi. »

Et pour la faire passer il se mit à chercher
quelque grand projet, quelqu'un de ces projets
qui avaient coutume de l'occuper fortement,
de ne lui pas laisser un moment de réflexion;
mais il n'en trouva pas. Tout lui semblait changé. Ce qui excitait jadis le plus fortement ses désirs maintenant n'avait plus aucun attrait pour
lui. Comme un cheval devenu tout à coup rétif
pour une ombre qui a frappé sa vue, la passion
refusait d'avancer. S'il songeait aux entreprises
commencées et inachevées, au lieu de s'animer
à l'idée de les accomplir, au lieu de s'irriter des
obstacles (dans un tel moment la colère même
lui aurait semblé douce, car elle aurait été une
distraction), il éprouvait une sombre tristesse, il
s'étonnait presque des pas qu'il avait déjà faits.
Le temps se présentait, à son imagination frap-
pée, vide de tout intérêt, de tout vouloir, de
toute action, plein seulement d'ennuis et d'in-
supportables souvenirs. Toutes les heures à venir
lui paraissaient semblables à celle qui courait
si lente et si pesante sur sa tête. Il passait en re-
vue tous ses sicaires, et il ne trouvait pas une
chose qu'il lui importât de commander à aucun
d'eux; l'idée même de les revoir, de se trouver

parmi eux, était pour lui un poids aussi pesant ;
il n'y voyait que du dégoût et de l'embarras.
Quand il voulait pourtant trouver pour le lendemain une occupation, une chose exécutable,
il ne s'arrêtait qu'à une seule idée : c'est que le
lendemain il pouvait rendre la liberté à cette
infortunée.

« Je la délivrerai, oui, je la délivrerai. A
« peine le jour commencera-t-il à poindre, je
« volerai près d'elle et lui dirai : Partez, allez
« vous-en. Je la ferai accompagner.... Et ma
« promesse ? et l'engagement que j'ai pris ? et
« don Rodrigo ?.... Quel est donc ce don Ro-
« drigo ? »

Comme un homme à qui son supérieur adresse
à l'improviste une question embarrassante, l'Inconnu songea aussitôt à répondre à celle qu'il
s'était faite ; ou plutôt cet autre lui-même qu'il
venait de trouver en son âme, ce nouveau lui-
même qui avait grandi en un moment sous une
forme terrible, s'élevait comme pour juger l'ancien. Il allait donc cherchant dans sa tête comment, avant presque d'en être prié, il avait pu
se résoudre à prendre l'engagement de faire autant souffrir, sans aucun motif de haine ni de
crainte, une infortunée qu'il ne connaissait pas,
uniquement pour servir ce don Rodrigo. Mais
loin de réussir à trouver en ce moment aucune
raison qui lui parût propre à excuser cette action, il ne pouvait presque pas même parvenir
à comprendre comment il y avait été amené.

Cette détermination irréfléchie avait été un mouvement instantané d'un esprit obéissant à des sentiments anciens et habituels, la conséquence de mille faits antérieurs ; et au milieu du douloureux examen auquel il se livrait pour se rendre compte d'un seul fait, il se trouva entraîné à l'examen de toute sa vie.

En remontant bien loin derrière lui, d'année en année, d'entreprise en entreprise, de crime en crime, d'assassinat en assassinat, chacune de ses actions apparaissait à son nouvel esprit isolée des sentiments qui l'y avaient déterminé et la lui avaient fait commettre ; elle apparaissait sous un aspect monstrueux que ces mêmes sentiments ne lui avaient pas alors laissé apercevoir. Toutes lui appartenaient bien ; c'était lui tout entier, c'était toute sa vie. L'horreur de cette pensée, qui naissait à chacune de ces funestes images et en était presque inséparable, alla progressivement jusqu'au désespoir. Il se mit comme un furieux sur son séant ; il porta comme avec rage ses mains à la muraille voisine de son lit, prit un pistolet, le saisit fortement, l'arma, et.... Au moment de terminer une vie qui lui était insupportable, sa pensée, surprise d'une terreur, d'une inquiétude que faisait naître en lui ce qui lui devait survivre, se lança dans le temps qui continuerait à courir après sa mort. Il se représentait avec effroi son cadavre défiguré, immobile au pouvoir des hommes les plus vils ; l'étonnement, le trouble, la confusion qui régneraient le lendemain au château; son cadavre, sans force, sans voix, jeté qui sait où. Il se représentait le bruit qui ne manquerait pas d'en courir, les discours que cette catastrophe ferait tenir aux environs et même au loin, la joie de ses ennemis. Les ténèbres même, le silence de la nuit, lui faisaient appréhender dans la mort quelque chose de plus triste, de plus épouvantable. Il lui semblait qu'il n'aurait pas hésité s'il s'était trouvé en plein jour, hors de chez lui, en présence de quelqu'un. Qu'était-ce, après tout, que de se jeter dans l'eau et disparaître pour jamais? Absorbé dans ces contemplations déchirantes, il allait armant et désarmant avec une force convulsive le chien du pistolet, quand une autre pensée lui vint à l'esprit : « Si cette autre vie « dont on m'a parlé quand j'étais enfant, dont « on parle toujours, dont on parle sans cesse « comme si c'était une chose sûre, si cette vie « vient à ne pas être, si c'est une invention des « prêtres, que fais-je alors? pourquoi mourir? « Qu'importe tout ce que j'ai fait? qu'importe? « C'est une folie que ma.... Et s'il y avait en effet « une autre vie....! »

A un tel doute, à un tel risque, il fut saisi d'un désespoir encore plus sombre, encore plus déchirant, et contre lequel il ne pouvait pas même trouver un refuge dans la mort. Il laissa tomber l'arme fatale, il porta ses mains à ses cheveux, ses dents craquaient, un tremblement convulsif s'était emparé de tous ses membres.

ses membres. Tout à coup les paroles qu'il avait entendues peu d'heures auparavant vinrent retentir dans sa mémoire. « Dieu pardonne tant de « choses pour une œuvre de miséricorde ! » Elles ne revenaient pas à son esprit telles qu'elles avaient été prononcées, avec un accent d'humble prière, mais avec un son plein d'autorité, et qui en même temps laissait entrevoir une lointaine espérance. Ce fut pour lui un moment de soulagement ; il laissa retomber ses mains, et, dans une attitude plus calme, il fixa ses regards, comme s'il l'avait eue devant lui, sur celle qui avait prononcé ces paroles. Il la voyait, non comme sa captive, non comme une suppliante, mais comme un ange qui dispense des grâces et des consolations. Il attendit avec anxiété le jour pour courir la délivrer, pour entendre de sa bouche d'autres paroles de soulagement et de vie. Il croyait se voir la conduisant lui-même à sa mère. « Et ensuite, que ferai-je demain, le reste de la « journée ? Que ferai-je après demain, et le jour « suivant, et la nuit ? la nuit qui reviendra dans « douze heures ! Oh ! la nuit ! Non, non, plus de « nuit ! ne pensons pas à la nuit. » Et, retombé alors dans le vide effrayant de l'avenir, il cherchait en vain un emploi de son temps, un moyen de vivre les jours, les nuits. Tantôt il voulait abandonner son château et fuir dans des pays lointains où on n'eût jamais ouï parler de lui ; tantôt il lui revenait un espoir confus de recouvrer son ancien courage, de reprendre ses anciens goûts, et il ne considérait son affreuse situation du moment que comme un délire passager ; tantôt il redoutait la lumière du jour qui devait le montrer si misérablement changé aux yeux des siens ; tantôt il soupirait après cette lumière, comme si elle devait porter aussi la lumière dans ses pensées. Tout à coup, à la pointe du jour, peu d'instants après que Lucia s'était endormie, tandis qu'il était assis immobile sur son lit, un son vague et confus, mais qui respirait je ne sais quel air joyeux, vint frapper son oreille. Il écoute : c'est un lointain carillon de fête. Il écoute encore : il distingue l'écho de la montagne qui répète, languissante et affaiblie, la lointaine harmonie, et se confond avec elle. Bientôt le bruit s'approche : c'est une cloche plus voisine du château, puis une autre qui lui répond, puis une autre encore. « Qu'est ceci ? Pourquoi ce bruit « de fête ? De quoi se réjouissent ces gens-là ? « Quel bonheur leur est donc arrivé ? » Il quitte ce lit de douleur, il passe à la hâte un vêtement, court ouvrir la fenêtre, et regarde de tous côtés. Les montagnes étaient encore sombres ; le ciel semblait enveloppé par un obscur et vaste nuage ; mais, à la clarté du jour déjà commencé, on distinguait sur la route, au fond de la vallée, des gens qui cheminaient à pas pressés, d'autres qui sortaient de leurs maisons et se mettaient en route, tous du même côté, vers le débouché de la vallée, à droite du château ; on pouvait même distinguer l'habit et l'air de fête des villageois. « Que

» diable ont ces gens-là ? Qu'est-il arrivé de si
« heureux dans ce maudit pays ? » Il appela un
bravo affidé qui dormait dans la chambre voisine;
il lui demanda la cause de tout ce mouvement.
Celui-ci, qui n'en savait pas plus que lui, répondit qu'il allait s'en informer aussitôt. Le seigneur
resta à contempler ce mobile spectacle, que le jour
croissant rendait à chaque instant plus distinct.
Il voyait passer une foule de gens, et toujours
une nouvelle foule succéder à la première : c'é-
taient des hommes, des femmes, des enfants,
par bandes, par troupes, seuls; l'un joignait
celui qui allait devant lui et cheminait de compagnie; l'autre, en sortant de sa maison, accostait
le premier venu qu'il rencontrait sur la route,
et ils allaient ensemble, comme des amis, à un
voyage convenu. On voyait percer dans tous
leurs mouvements une hâte et un joie communes;
les cloches, plus ou moins voisines, plus ou
moins distinctes, qui retentissaient au loin, quelquefois sans être d'accord, mais toujours de con-
cert, semblaient en quelque sorte la voix unanime de tout ce peuple, l'expression des paroles
qui ne pouvaient pas arriver au château. L'Inconnu regardait, regardait encore. Il sentait
naître dans son âme une avide curiosité de savoir
ce qui pouvait communiquer une telle allégresse,
un même désir à tant de gens.

CHAPITRE XXII.

Le *bravo* ne tarda pas à venir rapporter que le cardinal Federigo Borromeo, archevêque de Milan, était arrivé la veille à ***, et qu'il y passerait toute la journée. Le bruit de cette arrivée s'était répandu le soir même fort au loin dans les environs; il avait excité chez tout le peuple l'envie d'aller voir cet homme; et on sonnait les cloches pour solenniser la fête et en même temps pour en donner avis. Le seigneur, resté seul, continua à regarder vers la vallée encore plus pensif. « Pour un homme! tous pressés d'arriver, « tous joyeux, pour voir un homme! Et pour- « tant chacun d'eux doit avoir son démon qui le « tourmente; mais aucun, aucun n'en doit avoir « un comme le mien; aucun n'a dû passer une « nuit comme la mienne! Qu'a-t-il donc cet « homme pour exciter la joie de tout un peuple? « Quelque argent qu'il leur jettera à l'aventure...; « mais tout ce monde n'y va pas pour recevoir « l'aumône. Eh bien! quelques signes en l'air, « quelques paroles.... Oh! s'il les avait pour moi « les paroles qui peuvent consoler! Si..... Pour- « quoi n'irais-je pas? pourquoi non? J'y irai. Que « pourrais-je faire autre? J'y irai, et je lui veux

« parler ; je lui veux parler entre quatre yeux.
« Que lui dirai-je ? Eh bien ! ce que, ce que....
« Je verrai ce qu'il sait dire cet homme ! »

Ayant pris cette vague détermination, il acheva
à la hâte de s'habiller, et il mit sur son habit
une casaque d'une coupe qui avait quelque chose
de militaire ; il prit le pistolet qui était resté sur
le lit, le suspendit à sa ceinture ; il en mit de
l'autre côté un second qu'il prit à un clou de la
muraille ; il prit ensuite son poignard. Il détacha aussi de la muraille une carabine presque
aussi fameuse que lui, qu'il mit en bandoulière ;
il prit son chapeau, se couvrit, sortit de sa
chambre, et avant de partir, il alla vers celle où
il avait laissé Lucia. Il laissa sa carabine dans un
coin près de la porte, et il heurta en faisant en
même temps entendre sa voix. La vieille se pré-
cipita du lit, passa en hâte un vêtement, et courut ouvrir. Le seigneur entra, et, ayant jeté un
coup-d'œil autour de la chambre, il vit Lucia
ramassée dans son coin et tranquille.

« Elle dort ? » demanda-t-il à voix basse à la
vieille. « Elle dort là ! Etaient-ce là mes ordres,
« malheureuse !

« — J'ai fait l'impossible ; mais elle n'a ja-
« mais voulu manger ; elle n'a jamais voulu ve-
« nir.......

« — Laisse-la dormir en paix ; garde-toi de la
« troubler ; et quand elle s'éveillera....... Marta
« viendra ici dans la chambre voisine, et tu l'en-
« verras quérir ce que cette jeune fille te pourra

« demander. Quand elle s'éveillera......., dis-lui
« que je......, que le maître est sorti pour peu de
« temps, qu'il reviendra, et que.... il fera tout ce
« qu'elle voudra. »

La vieille resta toute stupéfaite. « Il faut que ce
« soit quelque princesse! » pensa-t-elle.

Le seigneur sortit, reprit sa carabine, envoya
Marta faire antichambre, donna ordre au premier *bravo* qu'il rencontra de monter la garde
pour qu'aucun autre que cette femme ne mît le
pied dans l'appartement; puis il sortit du château,
et d'un pas agile il prit la descente.

Le manuscrit ne note pas la distance du château au village où était le cardinal. Elle ne devait guère être plus considérable qu'une bonne
promenade. Ce n'est pas seulement le grand nombre de villageois qui s'y rendait qui nous fait juger de cette proximité, car dans les mémoires
du temps nous trouvons que de vingt milles et
plus on accourait pour voir une fois le cardinal
Federigo; mais de toutes les choses que nous
avons à raconter, et qui arrivèrent en ce jour,
nous sommes forcés de conclure que ce trajet
ne devait pas être long. Les *bravi* qui le rencontraient sur la montée s'arrêtaient respectueusement au passage du seigneur, attendant s'il n'avait pas d'ordres à donner, ou s'il voulait les
prendre avec lui pour quelque expédition, et ils
restaient étonnés de cet air et de ces regards qu'il
donnait en réponse à leurs saluts.

Quand enfin il se trouva au bas, dans la route

publique, ce fut bien une autre affaire. A peine
fut-il aperçu, que les passants se mirent à chu-
chotter, à jeter sur lui des regards soupçonneux,
à s'écarter de côté et d'autre. Pendant toute la
route il ne fit pas deux pas de compagnie avec
un autre voyageur : chaque individu qui le voyait
arriver près de lui se troublait, s'inclinait profondément, et ralentissait le pas pour rester derrière. Il arriva au village : c'est là qu'était la
foule. A son apparition, son nom vola de bouche
en bouche, et la foule s'ouvrit. Il accosta l'un de
ces hommes prudents, et lui demanda où était
le cardinal. « Dans la maison du curé, » répondit
celui-ci respectueusement, et il la lui indiqua.
Le seigneur y alla, entra dans une petite cour
où étaient beaucoup de prêtres qui tous le regardèrent d'un air attentif, étonné et soupçonneux.
Vis-à-vis il remarqua une porte ouverte qui conduisait à un petit salon où beaucoup de prêtres
étaient aussi rassemblés. Il quitta sa carabine et
l'appuya dans un coin de la cour; puis il entra
dans le petit salon. Il y fut aussi accueilli par des
regards en dessous, un bruit sourd, son nom
répété de bouche en bouche, puis un long silence. Il s'adressa à l'un d'eux, et lui demanda
où était le cardinal, parce qu'il lui voulait
parler.

« Je suis étranger, » répondit l'interrogé; e
ayant aussitôt jeté un regard sur l'assemblée, i
appela le porte-croix, qui était précisément dan
un coin du salon à dire à voix basse à son com

pagnon : « Celui-là ? ce fameux ? que vient-il
« faire ici celui-là ? Au large ! » Toutefois, à cet
appel, qui résonna dans le silence général, il
fut contraint de venir. Il s'inclina devant l'Inconnu, entendit sa demande, et levant, avec une
curiosité inquiète, les yeux sur ce visage et les baissant aussitôt, il resta quelque temps étourdi ;
puis il dit, ou il balbutia : « Je ne sais pas si
« l'illustrissime monsignore..... en ce moment...
« se trouve..., est..., peut.... Suffit : je vais voir. »
Et il alla à contre-cœur porter le message dans
l'appartement voisin, où se trouvait le cardinal.

À cet endroit de notre histoire, nous ne pouvons pas faire autrement que de nous arrêter un
peu, comme le voyageur, harrassé et attristé
d'une longue route par un chemin aride et sauvage, se récrée et perd un peu de temps à l'ombre d'un bel arbre, sur l'herbe, près d'une fon-
taine d'eau vive. Nous avons rencontré un personnage dont le nom et le souvenir, en venant
à l'esprit dans quelque circonstance que ce soit,
lui causent une émotion tranquille de respect, et
un agréable sentiment de sympathie. Or combien ce sentiment est-il plus doux après tant
d'images de douleurs, après la contemplation
de tant de perversités ! Il faut absolument que
nous dépensions quatre paroles sur ce personnage. Si l'on ne se soucie pas de les entendre,
et que l'on ait le désir d'aller en avant dans
notre histoire, on peut passer, sans s'arrêter,
au volume suivant.

Federigo Borromeo, né dans l'année 1564, fut un de ces hommes rares en tout temps qui ont employé un beau génie, toutes les ressources d'une grande fortune, tous les avantages d'une condition privilégiée, une application continuelle, à la recherche et à la pratique du bien. Sa vie est comme un ruisseau qui, naissant limpide de la roche, sans s'étancher ni se troubler jamais dans un long cours sur divers terrains, va se jeter limpide dans le fleuve. Au milieu des plaisirs et des fêtes, des loisirs et des pompes de la magnificence, il s'appliqua dès sa plus tendre enfance à ces paroles d'abnégation et d'humilité, à ces maximes sur la vanité du plaisir, sur l'injustice de l'orgueil, sur la vraie dignité et les vrais biens, qui, comprises ou non par les cœurs, sont transmises d'une génération à l'autre dans l'enseignement le plus élémentaire de la religion. Il s'appliqua, dis-je, à ces paroles, à ces maximes; il les prit au sérieux, les goûta, les trouva vraies; il comprit qu'il ne pouvait y avoir de vérité dans les paroles et les maximes opposées qui se transmettent aussi d'âge en âge avec la même persévérance, et souvent par les mêmes bouches. Il se proposa de prendre pour règles de ses actions et de ses pensées celles qui étaient la vérité. Elles lui firent comprendre que la vie n'est pas destinée à être un fardeau pour le plus grand nombre, et un plaisir pour quelques uns; mais qu'elle était pour tous un emploi dont tous devaient rendre compte, et, encore enfant, il com-

mença à penser comment il pourrait rendre la
sienne utile et sainte.

En l'année 1580 il manifesta la résolution de
se consacrer au ministère ecclésiastique, et il
en prit l'habit des mains de son cousin Carlo*,
que la voix publique, déjà alors ancienne et
universelle, signalait comme un saint. Il entra
peu de temps après dans le collége fondé à Pavie
par ce saint homme, et qui porte encore le nom
de leur maison. Là, en s'appliquant avec assi-
duité aux occupations qui y étaient prescrites,
il s'en imposa deux autres de son propre mouvement : ce fut d'enseigner la doctrine chrétien-
ne aux gens les plus pauvres et les plus ignorants, et de visiter, servir, consoler et secourir
les malades. Il se prévalut de l'autorité que tout
lui donnait en ce lieu pour amener ses compagnons à le seconder dans ces bonnes œuvres ; il
exerça, dans tout ce qui était honnête et profi-
table, une primauté d'exemple, une primauté
que, de l'esprit et du cœur dont il était, il aurait peut-être également obtenue quand bien
même il aurait été le dernier de tous par sa fortune. Non seulement il ne chercha pas les avantages d'un autre genre que les circonstances de
sa fortune lui auraient pu procurer, mais encore
il mit tous ses soins à les refuser. Il voulut une
table plutôt mesquine que frugale, des habits
plutôt pauvres que modestes ; son maintien, tout

---

* Saint Charles Borromée.

le reste de sa façon de vivre, furent conformes à ces habitudes. Il ne se crut jamais obligé de les changer pour complaire à sa famille, qui jeta les hauts cris, qui se plaignit avec éclat, parce qu'à son sens il avilissait ainsi la dignité de la maison. Il eut une autre guerre à soutenir avec ses maîtres. Soit que ceux-ci se fussent imaginé qu'à la longue ils lui seraient agréables par ces manières, soit qu'ils fussent pris de cette faiblesse servile qui se plaît à la splendeur d'autrui et y trouve un motif de vanité, soit qu'ils fussent de ces hommes prudents à qui les vertus extrêmes portent ombrage comme les vices, gens qui ne cessent de prêcher que la perfection est toujours entre les deux excès, et placent ce milieu précisément au point où ils sont arrivés et où ils se trouvent être à leur aise, ils cherchaient furtivement et comme par surprise à lui donner des marques de distinction, et à le faire paraître comme le prince du lieu. Non seulement il ne se rendit pas à leurs soins empressés, mais il reprit les officieux de leur zèle, et cela à cet âge si tendre, entre la puberté et la jeunesse.

Que, du vivant du cardinal Carlo, son aîné de vingt-six ans, en présence d'un homme aussi imposant, et pour ainsi dire aussi solennel, entouré d'hommages et d'un respectueux silence, rehaussé par une aussi grande renommée, et empreint des marques de la sainteté, Federigo, encore enfant, cherchât à se conformer au maintien et aux habitudes d'un tel cousin, ce n'est certes pas un grand sujet d'étonnement ; mais ce qui est bien fait pour surprendre, c'est qu'après la mort de ce saint homme, personne ne pût s'apercevoir que Federigo, alors âgé de vingt ans, fût privé d'un guide et d'un censeur. Le bruit toujours croissant de ses talents, de son instruction et de sa piété, la parenté et les démarches de plus d'un cardinal puissant, le crédit de sa famille, son nom même, auquel le cardinal Carlo avait presque attaché dans les esprits une idée de sainteté et de supériorité pontificales, tout ce qui doit et tout ce qui peut conduire les hommes aux dignités ecclésiastiques concourait à les lui pronostiquer. Mais lui, persuadé au fond de son âme, et un vrai bon chrétien ne le peut nier, persuadé qu'un homme ne peut avoir une juste supériorité sur les autres qu'en se dévouant à les servir, il redoutait les dignités et cherchait à les éviter. Ce n'est assurément pas qu'il voulût échapper à l'obligation de servir son prochain : peu de vies y furent autant employées que la sienne ; mais il ne s'estimait ni assez digne ni assez capable d'un aussi haut et aussi périlleux service. C'est pourquoi, lorsque Clément viii lui proposa, en l'an 1595, l'archevêché de Milan, il parut fortement troublé, et il refusa sans hésiter cette charge. Il céda ensuite au commandement exprès du pape.

De telles démonstrations ne sont ni difficiles ni rares. Qui l'ignore ? Il ne faut pas à l'hypo-

crisie un plus grand effort d'esprit pour les faire
qu'à la raillerie pour s'en moquer en toute rencontre. Mais cessent-elles pour cela d'être l'expression naturelle d'un sentiment sage et ver-
tueux? La vie est la pierre de touche du discours, et quand bien même les mots qui expri-
ment ce sentiment auraient passé sur les lèvres
de tous les imposteurs et de tous les railleurs
du monde, ils seront toujours beaux lorsqu'ils
seront précédés et suivis d'une vie de désintéres-
sement et de sacrifice.

Federigo, une fois évêque, mit une étude particulière et perpétuelle à ne prendre pour lui de
son avoir, de son temps, de ses soins, de tout
lui-même enfin, que ce qui lui était strictement
nécessaire; il disait, comme tout le monde le
dit, que les revenus ecclésiatiques sont le patrimoine des pauvres. On va voir comment il mettait cette maxime en pratique. Il voulut qu'on
estimât à combien pouvait se monter sa dépense
et celle des domestiques employés à son service
personnel; quand on lui eut dit qu'elle était de
six cents *scudi* (l'on donnait alors le nom de
scudo à cette monnaie d'or qui, en restant
toujours du même poids et au même titre, reçut
ensuite le nom de *zecchino* *), il donna ordre
qu'on en versât autant chaque année de ses revenus patrimoniaux dans la caisse de la mense.
Il ne croyait pas qu'il fût permis à un homme

---

* Sequin.

aussi riche de vivre de ce patrimoine. Il était
si ménager, si minutieusement économe pour
lui-même, qu'il ne quittait un habit que lorsqu'il était entièrement usé; il joignait pourtant,
et cela fut remarqué par tous les écrivains con-
temporains, à l'habitude d'une extrême simpli-
cité, celle d'une propreté exquise : ce sont deux
habitudes extrêmement remarquables dans ce
temps de luxe et de malpropreté. Il fit plus :
afin que rien ne se perdît des reliefs de sa table
frugale, il les assigna à un hospice de pauvres,
et l'un de ceux-ci, par son ordre, entrait chaque jour dans la salle à manger pour recueillir
ce qui était resté. Ces soins minutieux pourraient
peut-être faire concevoir de sa vertu et de son
esprit l'idée d'une vertu avare, petite, étroite,
d'un esprit adonné à des minuties et incapable
de s'élever à de plus grands desseins, sans cette
bibliothèque ambroisienne qui est encore debout, bibliothèque dont Federigo conçut l'idée
avec tant de magnificence, et qu'il érigea à si
grands frais. Pour la garnir de livres et de manuscrits, outre le don qu'il fit de ceux qu'il avait
déjà recueillis au prix de tant de soins et tant
de dépense, il envoya huit hommes, les plus in-
struits et les plus habiles qu'il put trouver, pour
faire des achats en Italie, en France, en Espagne, en Allemagne, en Flandre, en Grèce, au
mont Liban, à Jérusalem. Il parvint à réunir
environ trente mille volumes imprimés et qua-
torze mille manuscrits. Il joignit à la bibliothè-

que un collége de docteurs. Ces docteurs furent
au nombre de neuf, et entretenus par lui tant
qu'il vécut; ensuite les revenus ordinaires ne
suffisant pas à cette dépense, ils furent réduits
à deux. Leur office était de cultiver les diverses
branches des connaissances humaines, la théo-
logie, l'histoire, les belles-lettres, les antiquités
ecclésiastiques, les langues orientales. Chacun
d'eux était obligé de publier quelque travail sur
la matière qui lui était assignée. Il y joignit un
collége appelé par lui *Trilingue* (1) pour l'étude
des langues grecque, latine et italienne, et un
collége d'élèves à qui on enseignait ces sciences
et ces langues pour les professer à leur tour. Il
y joignit encore une imprimerie pour les langues
orientales, c'est-à-dire pour l'hébreu, le chal-
déen, l'arabe, le persan et l'arménien; une ga-
lerie de tableaux, une autre de statues, et une
école des trois principaux arts du dessin. Pour
ceci il trouva aisément des professeurs déjà for-
més; pour le reste nous avons vu que de peines
lui avait coûté la recherche des livres et des
manuscrits. Mais les caractères de ces langues,
beaucoup moins cultivées en Europe qu'elles ne
le sont aujourd'hui, étaient certes beaucoup
plus difficiles à trouver, et beaucoup plus encore
que les caractères, les professeurs. Qu'il suffise
de dire que sur neuf docteurs il en prit huit
parmi les jeunes élèves du séminaire, jugement

---

* Trinlinguiste, des trois langues.

entièrement conforme à celui que semble en
avoir porté la postérité, qui a mis les uns et les
autres en oubli. Dans les ordres qu'il laissa pour
l'usage et pour l'administration de la bibliothèque perce une attention perpétuelle d'utilité,
non seulement belle de soi, mais savante et fort
bien entendue, et, dans plusieurs parties, fort au-
delà des idées et des habitudes ordinaires de ce
temps. Il prescrivit au bibliothécaire d'entretenir
un commerce réglé avec les hommes les plus sa-
vants d'Europe, qui le missent au courant de l'état
des sciences et lui donnassent avis des meilleurs
livres étrangers qui paraîtraient en tout genre,
pour qu'il en fît l'acquisition; il lui donna le soin
d'indiquer, à ceux qui voudraient étudier, les ou-
vrages qui pourraient leur être utiles, et il voulut que, soit nationaux, soit étrangers, on leur
donnât toutes les facilités possibles de profiter des
livres qu'on y conservait. Une telle intention
doit maintenant paraître à tout le monde très
naturelle, inhérente même à la fondation d'une
bibliothèque; elle ne l'était pourtant pas alors.
Dans une histoire de la bibliothèque ambroisienne, écrite avec le but d'utilité et l'élégance
ordinaires du siècle, par un certain Pierpaolo
Bosca, qui en fut bibliothécaire après la mort
de Federigo, on note expressément, comme une
chose fort singulière, que, dans cet établisse-
ment, fondé par un particulier, et presque en
entier à ses frais, les livres étaient exposés à la
vue de tout le monde, apportés à quiconque les

demandait; qu'on donnait même au public des
siéges pour s'asseoir, du papier, des plumes et
de l'encre pour prendre des notes; tandis que,
dans toutes les autres grandes bibliothèques publi-
ques de l'Italie, non seulement les livres n'é-
taient pas visibles, mais ils étaient soigneuse-
ment cachés dans des armoires. On ne les en ti-
rait jamais, à moins que les employés ne dai-
gnassent, par humanité, ainsi que notre historien le dit lui-même, les montrer un moment.
Quant à une place, des siéges, des facilités pour
les visiteurs, on n'en avait pas même eu l'idée.
De telle sorte qu'enrichir de telles bibliothèques,
c'était soustraire les livres à l'usage du public :
c'était une de ces cultures comme il y en avait
et comme il y en a tant encore, qui rendent le
champ stérile.

N'allez pas demander quels ont été les effets
de cette fondation de Borroméo sur l'instruction
publique. Il serait facile de démontrer en deux
phrases, de la manière dont on démontre, qu'ils
furent miraculeux, ou qu'ils furent nuls. Chercher et expliquer jusqu'à un certain point
quels ils ont vraiment été, ce serait chose très fa-
tigante, de peu d'utilité et hors de saison. Mais
pensez quel généreux, quel judicieux, quel bien-
faisant, quel persévérant ami de l'amélioration
de l'homme dut être celui qui put vouloir une
telle chose, qui la voulut ainsi, qui l'exécuta
au milieu de cette ignorance, de cette inertie,
de ce dégoût général pour toute application stu-

dieuse, et qui la voulut par conséquent au milieu des « Qu'importe ?.... Il y avait bien autre
« chose à penser !..... Ô la belle invention !.....
« Il ne manquait plus que celle-là !.... », et cent
choses semblables. Assurément les propos durent
être plus nombreux encore que les *scudi* qu'il
dépensa pour cette entreprise, et il n'en dépensa
pas moins de cinq cent mille.

Pour donner à un tel homme le titre de bien-
faisant et de libéral au plus haut degré, il ne serait pas nécessaire qu'il eût encore dépensé beaucoup d'argent à secourir immédiatement les in-
digents. Il y a force gens dans cette opinion ;
que les dépenses de ce genre, j'allais dire toutes
les dépenses, sont la meilleure et la plus utile
des aumônes. Mais, dans l'opinion de Federigo,
l'aumône proprement dite était un devoir essentiel. En ceci, comme pour le reste, ses actions
furent d'accord avec son opinion. Sa vie fut une
longue et perpétuelle aumône. A l'occasion de
cette disette dont notre histoire a déjà parlé,
nous aurons à rapporter plus tard quelques traits
qui feront voir quelle sagesse et quelle générosité il sut mettre dans ses libéralités. Nous ne
citerons qu'un seul trait des nombreux exemples
de vertu que ses biographes ont recueillis. Il apprit un jour qu'un gentilhomme usait d'artifices
et de mauvais traitements pour forcer à se faire
religieuse une de ses filles, qui avait plus de goût
pour le mariage. Federigo fit venir le père ; et,
lui ayant arraché l'aveu que le vrai motif de cette

tyrannie était qu'il n'avait pas quatre mille *scudi*, somme qui, selon ce père, aurait été nécessaire pour marier convenablement sa fille, il la dota de quatre mille *scudi*. Peut-être une telle largesse paraîtra-t-elle à quelques-uns de nos lecteurs excessive, mal entendue, trop condescendante aux sots caprices d'un orgueilleux ; peut-être trouveront-ils que quatre mille *scudi* pourraient être beaucoup mieux employés à ceci et à cela. Nous n'avons rien à répondre, si ce n'est toutefois qu'il serait à désirer qu'on vît souvent de tels excès d'une vertu si libre des opinions dominantes (chaque temps a les siennes), si dégagée de la tendance générale, comme le fut dans ce cas celle qui porta un homme à donner quatre mille *scudi* pour qu'une jeune fille ne fût pas forcée de se faire religieuse.

L'inépuisable charité de cet homme éclatait autant dans tout son maintien que dans ses largesses. D'un abord facile à tout le monde, il croyait devoir montrer surtout un visage riant, une politesse affectueuse à ceux qu'on est convenu d'appeler d'une condition basse, d'autant plus qu'ils en trouvaient moins dans le monde. Et là-dessus pourtant il eut à batailler avec ces galants hommes du *ne quid nimis* *. Un jour que, dans une de ses visites dans un pays montagneux et sauvage, Federigo instruisait de

---

* Rien de trop.

pauvres enfants, et dans un moment de repos les
caressait amicalement de la main, l'un de ceux
que j'ai dits l'avertit de faire attention aux bontés
qu'il avait pour ces enfants, parce qu'ils étaient
trop sales et trop dégoûtants ; comme s'il eût
supposé, cet habile homme, que Federigo n'eût
pas assez de sens pour faire une telle découverte, ou
pas assez de pénétration pour deviner ce qu'il y
avait de caché dans ce conseil. Tel est le malheur
des hommes constitués en dignité, que, tandis
que les gens qui les avisent de leurs fautes sont
très rares, il est toujours des hommes courageux
pour les reprendre quand ils font bien. Mais le
bon évêque répondit, non sans un peu de ressentiment : « Ce sont des âmes commises à ma
« garde, ces enfants ne me verront peut-être plus,
« et vous ne voulez pas que je les embrasse ! »

Le ressentiment était pourtant bien rare chez
lui. On l'admirait pour sa tranquillité d'esprit,
son égalité d'humeur, qu'on aurait volontiers at-
tribuée à un bonheur de tempérament peu ordinaire. C'était pourtant l'effet d'une lutte cons-
tante contre un naturel prompt et vif. S'il se
montra quelquefois sévère, même brusque, ce
fut contre les pasteurs ses subordonnés qu'il découvrit coupables d'avarice, ou de négligence,
ou d'autres vices diamétralement opposés à l'esprit de leur noble ministère. Quant à ce qui pouvait avoir trait ou à ses intérêts ou à sa gloire
temporelle, il ne donna jamais aucun signe ni
de joie, ni de regret, ni d'ardeur, ni d'agitation;

admirable en effet si ces mouvements ne se présentaient pas à son esprit, plus admirable encore s'ils s'y présentaient. Non seulement d'un grand nombre de conclaves où il assista il emporta la réputation de n'avoir jamais aspiré à ce poste si envié par l'ambition et si redouté par la vraie piété ; mais une fois qu'un de ses collègues les plus éminents lui vint offrir sa voix et celles de sa faction (c'est malheureusement le mot dont on se servait), Federigo refusa cette proposition si résolument, que celui-ci renonça à son idée et se rejeta ailleurs. Cette modestie, cet éloignement de toute domination, perçaient également dans les occasions les plus ordinaires de la vie. Attentif et infatigable à tout calmer, à tout accommoder, là où il croyait qu'il fût de son devoir de le faire, il eut toujours grand soin de ne jamais s'ingérer des affaires d'autrui ; lors même qu'on réclamait son intervention, il s'en défendait de tout son pouvoir : c'était, comme chacun sait, une discrétion et une retenue peu communes dans les amis zélés du bien, comme l'était Federigo.

Si nous voulions nous laisser aller au charme de recueillir les beaux traits de son caractère, il en résulterait assurément un mélange singulier de mérites opposés en apparence, et qu'il est certainement difficile de trouver réunis ; toutefois nous n'omettrons pas de noter une particularité de cette belle vie. Pleine comme elle le fut d'actions, de soins importants, de fonctions, d'ensei-

gnement, d'audiences, de visites diocésaines, de
voyages, de controverses, non seulement l'étude
y trouva place, mais cette place fut si grande
qu'elle aurait suffi à un littérateur de profession.
En effet, parmi tant d'autres titres à la louange,
il eut, à un très haut degré, auprès de ses con-
temporains, celui d'homme savant.

Nous ne devons pourtant pas dissimuler qu'il
adopta avec une ferme persuasion et qu'il soutint
avec une longue constance certaines opinions
qui, à l'heure d'aujourd'hui, paraîtraient à tout
le monde plutôt étranges que mal fondées, je
dis même à ceux qui auraient grande envie de
les trouver bonnes. Si l'on voulait le défendre
sur ce point, il y aurait une excuse courante et
reçue : c'étaient plutôt les erreurs de son temps
que les siennes. A vrai dire, quand on la tire de
l'examen particulier des faits, cette excuse peut
encore être valable et signifier quelque chose ;
mais quand on l'applique en général et toute nue,
ainsi qu'on le fait pour l'ordinaire et ainsi que
nous sommes obligé de le faire en cette circonstance, elle ne signifie absolument rien. Toutefois, comme nous ne voulons pas résoudre par de
simples formules ces questions très compliquées,
nous nous abstiendrons même de les exposer. Il
nous suffit d'avoir indiqué à la dérobée que nous
sommes loin de prétendre que, dans un homme
aussi admirable en masse, tout fût également
admirable, de peur de paraître avoir voulu com-
poser une oraison funèbre.

Ce n'est certainement pas faire injure à nos lecteurs que de supposer que quelqu'un d'entre eux vienne à demander si un homme si savant et si studieux n'a pas laissé quelque monument. S'il en a laissé! Les œuvres qui restent de lui, tant grandes que petites, tant latines qu'italiennes, tant imprimées que manuscrites, s'élèvent à plus de cent; on les conserve avec soin dans la bibliothèque qu'il a fondée. Ce sont des traités de morale, des sermons, des dissertations sur l'histoire, l'antiquité sacrée et profane, la littérature, les beaux-arts, etc..

Et comment donc, dira le lecteur, tant d'œuvres sont-elles oubliées, ou du moins si peu connues, si peu recherchées? Comment donc, avec tant de génie, avec tant d'amour pour l'étude, avec une si grande expérience des hommes et de choses, avec un si grand penchant à la méditation, avec une si grande passion pour l'amour et le beau, avec une si grande candeur d'âme, avec tant de ces qualités qui font le grand écrivain, cet homme n'a-t-il pas, en cent œuvres, laissé une seule de celles qui sont réputées supérieures par ceux même qui ne les approuvent pas entièrement, et connues de titre même par ceux qui ne les lisent pas? Comment donc, toutes ensemble, n'ont-elles pas suffi pour valoir, au moins par leur nombre, à son nom, une renommée littéraire auprès de nous, qui sommes la postérité pour lui?

La demande est raisonnable sans doute, et le

débat en serait fort intéressant. Les causes de ce phénomène se trouvent ou il faut du moins les chercher dans beaucoup de faits généraux. Trouvées qu'elles y seraient, elles conduiraient à l'explication de beaucoup d'autres phénomènes semblables; mais elles seraient nombreuses et prolixes; et puis si elles venaient à ne pas vous plaire! Si........ Il vaut donc beaucoup mieux que nous reprenions le cours de notre histoire, et qu'au lieu de bavarder plus long-temps sur cet homme, guidé par notre auteur, nous l'allions voir agir.

FIN DU TOME TROISIÈME.

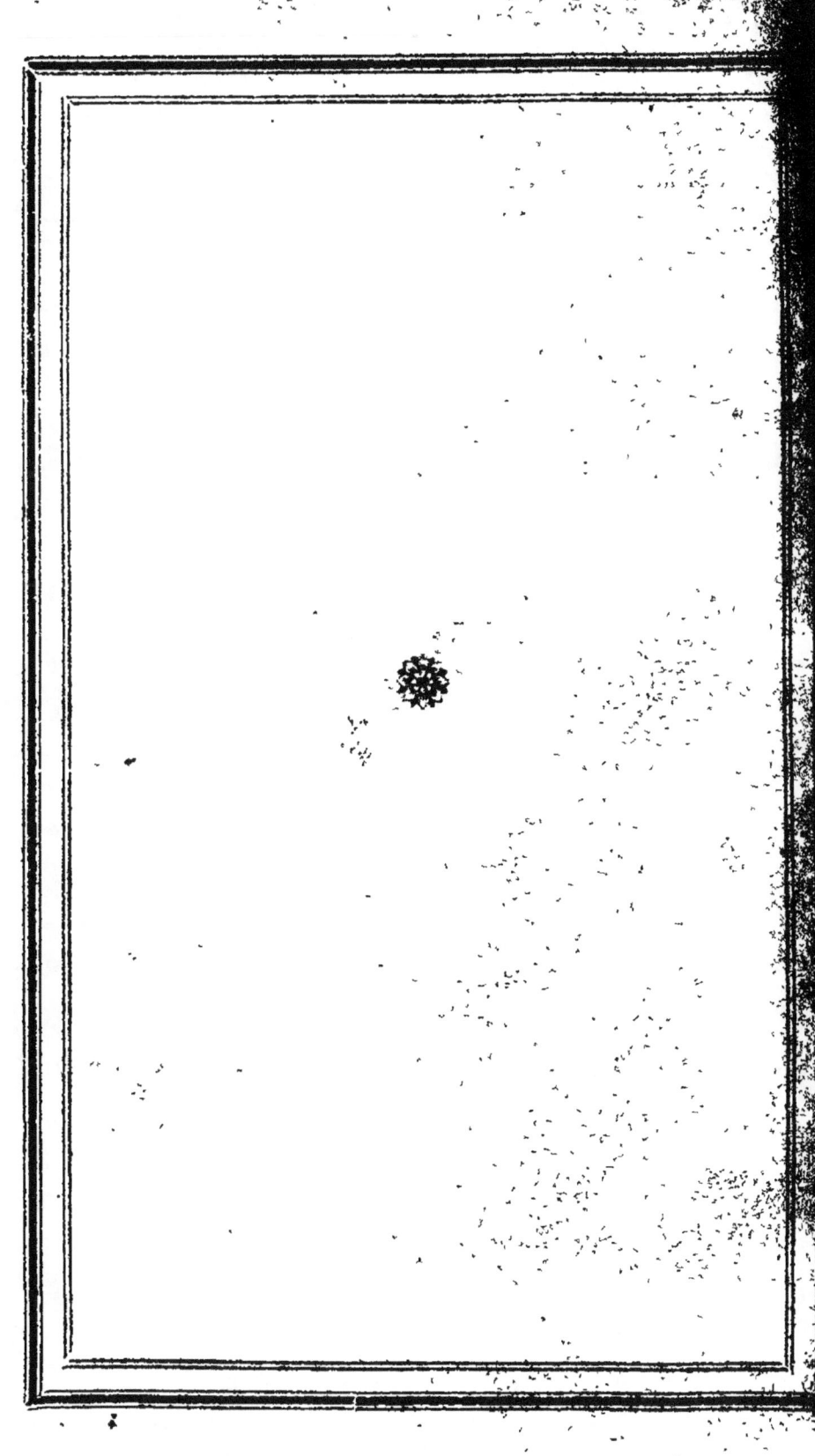

www.ingramcontent.com/pod-product-compliance
Lightning Source LLC
Chambersburg PA
CBHW051825020726
47502CB00005B/1628